Ulrike Strätling

Das schönste Lebkuchenhaus

Weihnachtsgeschichten zum Vorlesen
für Demenzkranke

BRUNNEN
Verlag GmbH · Giessen

8. Auflage 2021

© 2012 Brunnen Verlag GmbH Gießen
www.brunnen-verlag.de
Lektorat: Eva-Maria Busch
Umschlagmotiv: StockFood
Umschlaggestaltung: Ralf Simon
Satz: Die Feder GmbH, Wetzlar
Gedruckt in Deutschland
ISBN 978-3-7655-4166-7

Inhalt

Zu diesem Buch

Gerade in der Weihnachtszeit wird besonders gerne und viel vorgelesen. Diese Zeit ist geradezu ideal, um bei Demenzkranken Erinnerungen zu wecken: Erinnerungen an die Kindheit, an selbst gebackene Plätzchen, weihnachtliche Düfte, Tannengrün und Kerzenschein, Familientraditionen, Lieder, Geschenke ... Es sind Eindrücke, die uns als Kinder tief geprägt haben und die nicht so schnell verloren gehen. Darum finde ich es wichtig, die Vorweihnachtszeit und das Weihnachtsfest mit Demenzkranken gefühlvoll und intensiv zu gestalten. Ein weihnachtlich geschmücktes Umfeld, warmer Kerzenschein und süße Düfte sollten beim Vorlesen nicht fehlen. Der Demenzkranke profitiert bestimmt davon.

Neben allen Kurzgeschichten und Legenden dürfen wir auch an die biblische Weihnachtsgeschichte erinnern, die Geschichte von Maria, Josef und dem Kind in der Krippe. Sie finden sie am Ende des Buches. „Und es begab sich aber zu der Zeit ..." Vielen Demenzkranken werden die altvertrauten Worte noch im Ohr sein und sie können sie vielleicht sogar mitsprechen.

Ein paar praktische Tipps zum Vorlesen, die sich aus meiner Erfahrung bewährt haben:
- Begeben Sie sich auf Augenhöhe mit dem Zuhörer. Schauen Sie ihn beim Vorlesen zwischendurch an und berühren Sie seine Hände oder die Schulter.

- Lesen Sie langsam und deutlich und legen Sie Wert auf gute Betonung. Nur so kann der Demenzkranke auch im fortgeschrittenen Stadium der Geschichte folgen und sie verstehen. Er wird Ihnen dankbar sein und sich wohlfühlen.
- Anschaulicher wird das Vorlesen, wenn Sie Gegenstände aus der „guten alten Zeit" dabeihaben. Dinge, die befühlt und betrachtet werden können und kleine wertvolle Momente des Glücks hervorzaubern.
- Ich stelle übrigens zum Schluss niemals Fragen zu den Geschichten, um peinliche Situationen zu vermeiden. Wenn ich einer Gruppe vorlese, weiß anschließend immer einer der Zuhörer etwas zu erzählen und die anderen stimmen dann in das Geplauder mit ein.
- Die Geschichten können auch in Form von Ritualen eingesetzt werden: zum Beispiel abends am Bett, um Depressionen zu vertreiben, als Ablenkung bei Aggressionen oder einfach nur zu einer bestimmten Uhrzeit, auf die der Kranke sich freuen kann. Dies erleichtert ihm die zeitliche Orientierung und gibt ihm Sicherheit.

Die Würde und Lebensqualität des Demenzkranken so lange wie möglich zu erhalten – das sollte immer das wichtigste Ziel sein, auch beim Vorlesen. Viel Spaß dabei! Ich wünsche Ihnen und Ihren Angehörigen ein frohes Fest.

Ulrike Strätling

✹ ✹ ✹

„Das Leben schreibt doch meist die besten Geschichten ..." Diese Aussage trifft auf Ulrike Strätling gleich in doppelter Hinsicht zu. Nicht nur, dass sie in ihren Erzählungen allerlei Geschehnisse des Alltags aufgreift und in unnachahmlicher Weise für ihre Leser aufarbeitet. Auch ihre eigene Geschichte ist ein Beispiel dafür, wie Einschnitte im Leben zu glücklichen Wendungen führen können.

Als für ihre Mutter die Diagnose „Alzheimer" gestellt wurde, galt es für Ulrike Strätling, ihr Leben neu zu organisieren. Denn für sie war klar, dass sie sich mit dieser Krankheit auseinandersetzen und die Mutter auf ihrem Weg begleiten wollte. Gerade noch als Erzieherin voll berufstätig, musste sie sich immer mehr Freiräume für die Betreuung ihrer Mutter schaffen – bis die Pflege schließlich so zeitraubend wurde, dass sie ganz zu Hause blieb.

Zunächst war sie im Umgang mit dieser Erkrankung noch unerfahren und suchte nach Möglichkeiten, ihre Mutter durch Beschäftigungen zu erreichen. Zu ihrer eigenen Entspannung begann sie zu schreiben: Gedanken zum Thema Demenz und über ihre eigenen Erfahrungen im Umgang mit den Auswirkungen der Krankheit. Schnell merkte sie, dass ihr die Worte nur so aus der Feder flossen ... und es war eine logische Folge, dass sie sich entschloss, auch für ihre Mutter Kurzgeschichten zu schreiben.

Damit wurde die Mutter für Ulrike Strätling zur ersten und wichtigsten „Kritikerin". An ihrem Verhalten konnte sie ablesen, ob die Geschichten gut ankamen, d. h., ob die Sätze kurz und verständlich waren und die Handlung nicht zu verschlungen. Den Erfolg sah Ulrike Strätling sehr bald, denn ihre Mutter, die abends häufig Ängste entwickelt hatte, wurde beim Vorlesen zusehends ruhiger und konnte gut einschlafen.

Daraus entstand die Idee: Warum sollten nicht auch andere Menschen von diesen Geschichten profitieren – Menschen, die sich in einer ähnlichen Situation befanden? Ulrike Strätling wandte sich an das Julie-Kolb-Seniorenzentrum in Marl, eine stationäre Einrichtung der Arbeiterwohlfahrt. Gemeinsam mit ihrer Mutter besuchte sie die Bewohnerinnen und Bewohner und las ihnen vor. Sie *las* nicht nur, nein, sie *lebte* ihre Geschichten den Menschen vor, zog sie in ihren Bann und erreichte ihre Seele. Erinnerungen wurden geweckt, Gespräche wurden angeregt, Gemeinschaft entstand. Inzwischen ist die Vorlesestunde zu einer „Institution" geworden. Manchmal beteiligt sich sogar die Musikschule mit Beiträgen.

Ulrike Strätling ist Mitglied der Alzheimer-Gesellschaft, Gruppe Vest Recklinghausen e.V. Neben den Vorlesenachmittagen bietet sie auch ihre Begleitung im hauseigenen Demenz-Café an sowie eine Alzheimer-Sprechstunde in unseren Räumlichkeiten.

Mittlerweile wohnt auch ihre Mutter in dieser Einrichtung und wird von ihr weiterhin liebevoll betreut.

Das Schöne ist, dass Ulrike Strätling durch die neu gewonnene Zeit Muße findet, weitere Geschichten zu schreiben. Sie hört aufmerksam zu, wenn die Senioren ihre Lebensgeschichten erzählen, und entwickelt daraus immer neue Ideen für ihr Publikum – so wie auch dieses Buch mit Weihnachtsgeschichten. Ich bin mir sicher, dass die Augen der uns anvertrauten Menschen wie die Kerzen am Weihnachtsbaum leuchten werden, wenn Ulrike Strätling sie vortragen wird ...

Marl, im Oktober 2011
Stefanie Hoffmann (Diplom-Pädagogin,
Sozialer Dienst des Julie-Kolb-Seniorenzentrums)

Die verschwundenen Stiefel

„Lotti, wo sind meine alten Winterstiefel?", dröhnte es durchs Haus.

Lotti, die auf dem rechten Ohr etwas schwer hörte, rief zurück: „Was hast du gesagt?"

Alois legte die Hände vor dem Mund zu einem Trichter zusammen und rief erneut: „Wooo sind meine Wiiinterstiefel?"

„Warum willst du das wissen?", kam es zurück.

„Ich brauche sie eben! Sag mir einfach, wo sie sind", rief Alois.

„Die waren nicht mehr schön, darum hab ich sie gestern in die Altkleidersammlung gegeben", antwortete Lotti.

„Wo ist der Sack jetzt?", fragte Alois.

„Der ist schon abgeholt worden!"

„Wer hat die Sachen abgeholt?", wollte Alois wissen.

„Das Rote Kreuz", antwortete Lotti. „Aber sag mal, was willst du überhaupt mit den Stiefeln?"

„Ach, weißt du, ich wollte einen davon in der Nacht zum Nikolaustag aufstellen. Es sollte eine Überraschung für unseren kleinen Enkel sein. Ich wollte alles ganz festlich und geheimnisvoll machen. Abends sollten Kekse und Milch für den Nikolaus auf der Fensterbank stehen, dann wollte ich dem Kleinen die Nikolausgeschichte vorlesen. Den gefüllten Stiefel sollte er dann am nächsten Tag finden", erzählte Alois.

„Ach so, dann nimm doch einfach einen von den neuen Stiefeln", schlug Lotti vor.

„Nein, die alten Stiefel wären genau richtig. Ich gehe sie suchen." Kurze Zeit später saß Alois auf seinem Fahrrad. Er radelte zur Sammelstelle des Roten Kreuzes. Eine nette Dame führte ihn in einen großen Raum. Dort lagen die neu eingetroffenen Sachen.

Alois schluckte, so hatte er sich das nicht vorgestellt. Da lagen Berge von Pullovern, Jacken, Blusen und Röcken. Rechts an der Wand war ein riesiger Berg, der aus Schuhen bestand.

„Hier müssen Sie suchen", sagte die Dame und ging wieder.

Alois ließ seinen Blick über den Schuhberg schweifen. Vielleicht lagen seine Stiefel ja obenauf? Oder wenigstens einer? Nein, er konnte seine Stiefel nicht entdecken. Wo sollte er anfangen zu suchen? Nach kurzem Überlegen räumte er Schuh für Schuh sorgfältig auf eine Stelle direkt hinter sich. So kämpfte er sich langsam durch den Schuhberg. Vor ihm wurde der Berg immer kleiner und hinter ihm wuchs der Berg immer höher. Da vorne – der Stiefel sah in etwa so aus wie sein alter. Nein, doch nicht. Alois schwitzte. Er wollte schon aufgeben, aber da fand er doch noch einen seiner Stiefel.

„Wie schön, das hätte ich gar nicht mehr zu hoffen gewagt", jauchzte er. Er freute sich über seinen Fund. Ein Stiefel reichte ihm, den zweiten wollte er nicht mehr suchen. Er wollte nur noch nach Hause.

„Lotti", rief er, „ich habe einen Stiefel gefunden."

„Ich auch", sagte Lotti und hielt ihm den anderen Stiefel entgegen.

„Aber wie ist denn das möglich?", fragte Alois.

„Ganz einfach, ich habe wohl nur einen Stiefel in den Sack gelegt", sagte Lotti und lachte.

„Und ich suche, bis mir der Schweiß ausbricht", brummelte Alois.

„Dann können wir gleich zwei Stiefel füllen: einen für unser Enkelkind und einen für uns", schlug Lotti vor.

„Einverstanden. Dann kann ja nichts mehr schiefgehen", sagte Alois und freute sich auf den Nikolaustag am 6. Dezember.

Aus Schaden wird man klug

Herr Rossbauer wartete, bis die Abenddämmerung hereingebrochen war. Er zog seine dicke Mütze tief ins Gesicht, band sich den warmen selbst gestrickten Schal um den Hals und schlich hinaus in die Dunkelheit. In der Hand trug er eine Axt. Auf leisen Sohlen bewegte er sich vorwärts, in den nahen Wald hinein. Dabei passte er gut auf, wo er hintrat. Es durfte weder knacken noch knirschen, es durfte auf keinen Fall rascheln oder knistern.

Sein Blick wanderte suchend umher. Angestrengt ver-

suchte er, mit seinen Augen die Dunkelheit zu durch-
dringen. Mit der rechten Hand hielt er die Axt fest um-
klammert. Plötzlich erspähte er das, wonach er gesucht
hatte. Wunderbar! Sie war gerade gewachsen, schlank
und schön, mit vielen Ästen und so herrlich jung und
grün. Das war sie ... die Tanne ... sein Weihnachtsbaum
für die Familie!

Er blickte sich um, es war niemand zu sehen. Schnell
machte er sich an die Arbeit. Mit ein paar kräftigen
Schlägen war es geschafft. Die Tanne fiel um und Herr
Rossbauer packte sie auf seine Schulter. So machte er
sich auf den Heimweg.

Mit schnellen Schritten huschte er aus dem Wald heraus. Plötzlich hörte er hinter sich eine tiefe Stimme:
„Halt, stehen bleiben! Das ist Diebstahl!"

Herr Rossbauer blickte sich erschrocken um und
schaute in die Augen des Försters. Und die funkelten
sehr böse. Der Förster sagte grimmig: „Kennst du nicht
das siebte Gebot? Es heißt: Du sollst nicht stehlen. Das
gilt auch für dich!"

Vor lauter Schreck warf Herr Rossbauer die schöne
Tanne beiseite. So schnell er konnte, lief er nach Hause.
Erst als er vor seiner Wohnungstür stand, gönnte er sich
eine Verschnaufpause.

Frau Rossbauer fragte: „Was ist passiert? Wo ist der
Tannenbaum?"

„Es gibt dieses Jahr keinen Tannenbaum. Der Förster
hat mich erwischt. Das ist mir in all den letzten Jahren
nicht passiert. Warum ausgerechnet heute?"

„Man darf eben nicht stehlen", sagte Frau Rossbauer mahnend und fügte noch hinzu: „Vielleicht versuchst du es mal auf die ehrliche Art."

Der nächste Tag war der 24. Dezember. Herr Rossbauer marschierte in aller Frühe los, um einen Tannenbaum zu kaufen. Doch er brachte nur ein mickriges Bäumchen heim. Die schönen Tannen waren längst ausverkauft. Zum Glück hatte er noch Zweige bekommen, und deshalb machte er sich gleich an die Arbeit.

Herr Rossbauer bohrte Löcher in den Stamm der Tanne und steckte die Tannenzweige in die Löcher. Nun sah die Tanne ganz passabel aus. Doch leider waren die Äste zu schwach, um die Kugeln und Kerzen zu halten. Sie fielen immer wieder ab. So kam es, dass der Baum in diesem Jahr nur mit silbernem Lametta geschmückt wurde. Aber die Geschenke passten darunter, und singen konnte man auch an dem Tannenbaum.

Herr Rossbauer sagte: „Mein erster gekaufter Weihnachtsbaum." Er war richtig stolz auf sich. Er wollte nie wieder einen Tannenbaum stehlen. Denn wie heißt es so schön? „*Ehrlich* währt am längsten." Und: „Aus Schaden wird man klug."

Der Traum

Ich lag und schlief, da träumte mir
ein wunderschöner Traum:
Es stand auf unserm Tisch vor mir
ein hoher Weihnachtsbaum.

Und bunte Lichter ohne Zahl,
die brannten ringsumher;
die Zweige waren allzumal
von goldnen Äpfeln schwer.

Und Zuckerpuppen hingen dran;
das war mal eine Pracht!
Da gab's, was ich nur wünschen kann
und was mir Freude macht.

Und als ich nach dem Baume sah
und ganz verwundert stand,
nach einem Apfel griff ich da,
und alles, alles schwand.

Da wacht ich auf aus meinem Traum
und dunkel war's um mich.
Du lieber, schöner Weihnachtsbaum,
sag an, wo find ich dich?

Da war es just, als rief er mir:
„Du darfst nur artig sein,
dann steh ich wiederum vor dir;
jetzt aber schlaf nur ein!

Und wenn du folgst und artig bist,
dann ist erfüllt dein Traum,
dann bringet dir der heilge Christ
den schönsten Weihnachtsbaum."

August Heinrich Hoffmann von Fallersleben

Das Laternenfest

In jedem Jahr gibt es im Dezember in unserer Stadt einen großen Laternenumzug. Um achtzehn Uhr, wenn es schon richtig dunkel ist, kommen am Marktplatz viele Kinder zusammen und gehen in einem langen Zug durch die Straßen. In der Hand halten sie leuchtende Laternen. Wunderschön sieht das aus! Eine kleine Blaskapelle marschiert mit und die Kinder singen „Ich geh mit meiner Laterne" und andere Lieder. Am Ende des Umzuges bekommt jedes Kind einen lustigen Stutenkerl aus süßem Hefeteig. Die haben Rosinenaugen im Kopf und sogar eine weiße Tonpfeife im Arm.

Herr Sabowski wollte seiner Enkelin Evelyn auch diesen Spaß gönnen. Deshalb sagte er zu seiner Frau: „In diesem Jahr gehen wir auch zum Laternenfest. Was hältst du davon?" Frau Sabowski war begeistert.

Evelyn hatte im Kindergarten aus einer Käseschachtel, Transparentpapier und vielen bunten Papierschnipseln eine wunderschöne Laterne gebastelt. Sie war sehr stolz darauf und sang munter das Lied:

„Laterne, Laterne,
Sonne, Mond und Sterne,
brenne auf, mein Licht,
brenne auf, mein Licht,
aber nur meine liebe Laterne nicht."

Dazu hatte sie einen Laternenstock, an dessen Ende ein elektrisches Glühlämpchen hing. In dem Laternenstock war eine Batterie, und wenn man auf das kleine rote Knöpfchen drückte, leuchtete das Lämpchen.

Herr Sabowski meinte: „So ein moderner Schnickschnack! Wir nehmen lieber eine richtige Kerze. Dann leuchtet die Laterne gleich viel schöner."

Frau Sabowski runzelte die Stirn und sagte: „Mit dem Laternenstock ist es aber sicherer. Dann kann nichts brennen."

„Quatsch, alles Quatsch! Wir nehmen eine Wachskerze", meinte Herr Sabowski und steckte eine Kerze in die Halterung. Kurze Zeit später ging es los.

Der Zug mit den Kindern setzte sich vom Marktplatz aus in Bewegung. Herr und Frau Sabowski samt ihrer

Enkelin waren mittendrin. Die Augen aller Kinder leuchteten so schön im Licht all ihrer bunten Laternen. Herr Sabowski führte seine Enkelin stolz an der Hand und sang aus voller Brust: „Ich geh mit meiner Laterne, und meine Laterne mit mir ..."

Plötzlich knisterte und knackte es, die Laterne hatte Feuer gefangen. Im Handumdrehen brannte sie lichterloh. Herr Sabowski riss der schreienden Evelyn die Laterne aus der Hand und warf sie auf die Straße. Mit seinen dicken Winterstiefeln trat er das Feuer aus. Nun hing nur noch ein verkohlter Fetzen an dem Laternenstock. Evelyn weinte schrecklich. Zwanzig Minuten dauerte der Umzug noch, und sie ließ sich nicht trösten.

Frau Sabowski schimpfte: „Das hätte nicht sein müssen. Daran war nur die Kerze schuld. Mit der Glühlampe wäre das nicht passiert."

Erst der Stutenkerl stimmte Evelyn wieder fröhlich. Sie bekam gleich zwei davon, weil ihre Laterne abgebrannt war. Sogleich biss sie in einen hinein und meinte: „Mh, lecker."

Herr Sabowski versprach seiner Enkelin, mit ihr zusammen eine neue Laterne zu basteln. So war der Abend gerettet. Frau Sabowski konnte sich aber nicht verkneifen, auf dem Heimweg noch einmal zu sagen: „Siehst du, mein lieber Mann, manchmal ist der moderne Schnickschnack doch ganz nützlich."

Herr Sabowski nickte, und dann mussten alle lachen.

Kinderfragen

Die kleine Trudi saß am Küchentisch und sah ihrer Mutter beim Kochen zu. Auf dem Küchentisch stand ein Adventskranz. Zwei Kerzen waren schon ein Stückchen abgebrannt. Trudi schaute auf den Kranz und wirkte sehr nachdenklich. Während sie ihren kleinen Kopf in beide Hände stützte, fragte sie: „Mama, kommt das Christkind auch zu mir?"

„Ja, Trudi, das Christkind kommt auch zu dir", sagte die Mutter.

„Mama, kann das Christkind fliegen?"

„Ja, ich glaube, es hat Flügel."

„Mama, wohnt das Christkind im Himmel?"

„Ja, mein Kind, bei dem lieben Gott."

„Mama, bringt es mir auch ein Geschenk?"

„Sicher, Trudi, ganz bestimmt", sagte die Mutter.

„Mama, kommt das Christkind in der Nacht?"

„Ja, Trudi, wenn du schläfst."

„Mama, wie kann es denn alle Geschenke tragen?"

„Es hat ganz viele Engel zum Helfen, mein Kind."

„Mama, ich wünsche mir ein Geschwisterchen. Kann das Christkind ein Baby bringen?"

Die Mutter lachte: „Nein, Trudi, das macht der Storch."

„Ach so, schade! Dann wünsche ich mir ein Puppenhaus."

„Ja, Trudi, lass dich überraschen. Ich weiß es ganz bestimmt nicht, was dir das Christkind bringt."

„Weiß Papa das?"

„Nein, Trudi."

„Und Oma?"

„Nein, Trudi."

„Mama, kann ich mir noch Mandelkuchen wünschen?"

„Du kannst dir alles wünschen."

„Und auch Schokolade?"

„Ja, Trudi."

„Wie soll das Christkind das alles tragen?"

„In einem Sack."

„Dann geht doch alles kaputt, Mama."

„O Trudi, du fragst mir ja Löcher in den Bauch. Geh mal zu Papa und frag ihn."

Trudi ging zum Vater – und alles ging von vorne los. Ein frohes Fest!

Nikolaus, sei unser Gast,
wenn du was im Sacke hast.
Hast du was, so lass dich nieder,
hast du nichts, so pack dich wieder.

Volkstümlich

Ihr Kinderlein, kommet

Ihr Kinderlein, kommet, o kommet doch all,
zur Krippe her kommet in Bethlehems Stall
und seht, was in dieser hochheiligen Nacht
der Vater im Himmel für Freude uns macht.

Da liegt es, das Kindlein, auf Heu und auf Stroh,
Maria und Josef betrachten es froh,
die redlichen Hirten knien betend davor,
hoch oben schwebt jubelnd der Engelein Chor.

Christoph von Schmid

Der Wunschzettel

Zu Weihnachten wünsche ich mir ein Schaukelpferd
und für die Puppenküche einen … (Herd),
dazu einen feinen bunten Teller
und Rollschuhe, damit bin ich … (schneller).
Ein neues Kleid für meine Puppe
und zum Essen eine Festtags … (-suppe).
Dann möchte ich noch einen Puppenwagen
und ein Körbchen dabei, um die Puppen zu … (tragen).
Ich wünsch mir viele Lichter am Weihnachtsbaum
und Plätzchenduft in jedem … (Raum).
Ich wünsch mir am Himmel ganz viele Sterne
und ich möchte den Weihnachtsstern sehn in der …
(Ferne).
Ein Knusperhäuschen wäre fein;
aber wirklich eins nur für mich … (allein).
Dann wünsche ich mir noch ein paar Spiele,
hoffentlich sind das nicht der Wünsche zu … (viele)!
Nun steht alles auf dem Papier,
lieber Weihnachtsmann, komm schnell zu … (mir),
lass den Knecht Ruprecht und die Rute
schön zu Haus –
und damit ist mein Wunschzettel … (aus).

Vom Christkind

Denkt euch, ich habe das Christkind gesehen!
Es kam aus dem Walde, das Mützchen voll Schnee,
mit rot gefrorenem Näschen.
Die kleinen Hände taten ihm weh,
denn es trug einen Sack, der war gar schwer,
schleppte und polterte hinter ihm her.
Was darin war, möchtet ihr wissen?
Ihr Naseweise, ihr Schelmenpack –
denkt ihr, er wäre offen, der Sack?
Zugebunden, bis oben hin!
Doch war gewiss etwas Schönes drin!
Es roch so nach Äpfeln und Nüssen!

Anne Ritter

Alles doppelt

Es sollte diesmal ein ganz besonders schönes Weihnachtsfest werden. Frau Hackenberg wollte alles noch festlicher und feierlicher machen als in den vergangenen Jahren. Darum fing sie sehr frühzeitig an zu überlegen. Schon Anfang Oktober schrieb sie eine lange Liste, was sie einkaufen musste, was sie an Geschenken besorgen musste, was sie Leckeres backen und kochen wollte und wie sie die Wohnung schmücken würde. Alles war bis ins kleinste Detail geplant. Es sollte perfekt werden.

Darum besorgte sie schon im Oktober alle Geschenke. Für ihren Mann kaufte sie einen Füllfederhalter, eine Puppe für die Enkelin und einen Spielzugbagger für den Enkelsohn. Sie versteckte alles gut im Wäscheschrank, hinter der Leibwäsche.

Im November wurden Plätzchen gebacken. Vanillekipferl, Makronen, Zimtsterne und Orangenkekse. Die Kekse wurden gut in Dosen verpackt und kamen in den Vorratsschrank. Natürlich ganz nach hinten.

Anfang Dezember kaufte Frau Hackenberg schon alle Lebensmittel ein. Die Gans kam in die Gefriertruhe und der Rest in die Vorratskammer. Dann schmückte sie die Wohnung. Sie stellte Weihnachtsmänner auf, Lichterbögen, Engel und Räuchermännchen, sie füllte Vasen mit frischen Tannenzweigen und hängte Strohsterne daran. Sie schmückte die Fenster mit goldenen Sternen – alles glitzerte und funkelte. Ja, dachte sie, das wird ein besonders schönes Fest.

Doch eine Woche vor Weihnachten war Frau Hackenberg sich nicht mehr sicher: Hatte sie schon die Geschenke besorgt? Und weil sie alles so gut versteckt hatte, fand sie nichts mehr wieder. Sie hatte auch vergessen, dass sie schon Kekse gebacken und Lebensmittel eingekauft hatte. Also lief Frau Hackenberg los und kaufte einen Füllfederhalter für ihren Mann, eine Puppe für die Enkelin und einen Spielzeugbagger für den Enkelsohn. Dann kaufte sie eine Gans – und weil keine Zeit mehr zum Backen war, kaufte sie noch mehrere Tüten Kekse.

Der Schreck war riesig, als sie ihre Einkäufe verstauen wollte. Denn hinter der Leibwäsche fand sie die Geschenke, ganz weit hinten in der Vorratskammer standen die gefüllten Keksdosen und in der Tiefkühltruhe lag ganz unten bereits eine Gans. Jetzt hatte sie alles doppelt, o Schreck.

Daher gab es zur Bescherung für ihren Mann zwei Füllfederhalter, die Enkelin bekam zwei Puppen und der Enkelsohn zwei Spielzeugbagger. Zum Essen gab es zwei Gänse, und Kekse waren auch reichlich vorhanden. Und damit auch wirklich alles doppelt war, wurde das Tischgebet gleich zweimal gesprochen.

Es wurde ein fröhliches Fest, denn alle lachten herzlich. Nur Frau Hackenberg ärgerte sich über ihre Schusseligkeit. Sie beschloss, beim nächsten Weihnachtsfest nicht so früh mit den Vorbereitungen zu beginnen. Das sollte ihr nicht noch einmal passieren.

Schneeflöckchen, Weißröckchen

Es war die Nacht vor Heiligabend. Alle Kinder in unserem Kinderheim schliefen schon. Sie träumten wahrscheinlich vom Weihnachtsmann und von schönen Geschenken, von süßer Schokolade und Mandelkuchen. Aber die Kinder würden nicht viel bekommen, das wusste ich, denn das Kinderheim hatte nicht viel Geld. Ich heiße übrigens Hans und arbeite schon mein halbes Leben in diesem Kinderheim. Die meisten Kinder waren Waisen und hatten keine Eltern mehr. Die Geschenke waren zum größten Teil Spenden.

Um diese Kinder machte ich mir aber eigentlich keine Sorgen. Die kamen schon zurecht. Wohl aber um ein kleines Mädchen. Die sechsjährige Emma war neu bei uns, ihre Eltern waren erst kürzlich gestorben. Sie litt sehr und war immer traurig. Emma weinte viel und sprach nicht. Am liebsten hätte ich der kleinen Emma zu Weihnachten neue Pflegeeltern geschenkt. Aber so ein großes Glück hatten wir nicht.

Das Einzige, womit Emma sich beschäftigte, war Malen. Sie malte Winterbilder. Auf ihren Bildern schneite es; da waren Schneemänner und Schlitten zu sehen. Darum glaubte ich ganz fest, dass sie schöne Erinnerungen an die Winterzeit hatte.

Und nun stand ich am Fenster, in der Nacht vor Heiligabend, und schaute in den Himmel. Dort oben funkelten die Sterne, und es sah so gar nicht nach weißen Weihnachten aus. Plötzlich fiel eine Sternschnuppe vom

Himmel – und schnell wünschte ich mir etwas. Es heißt ja, dass der Wunsch in Erfüllung geht, wenn man ganz fest daran glaubt. Ich wünschte mir Schnee – Schneeflocken für Emma. Und ich hoffte so sehr, dass dieser Wunsch in Erfüllung ging.

Am nächsten Nachmittag war unser Festsaal weihnachtlich geschmückt. Mitten im Raum stand ein riesiger Tannenbaum. Er war bunt geschmückt mit lustigen Holzfiguren, Strohsternen und Kerzen. Rundherum lagen die hübsch verpackten Geschenke. Jedes Päckchen war mit einer Schleife verziert und hatte ein Namensschildchen.

Um achtzehn Uhr war Bescherung. Strahlende Kinderaugen, leuchtend rote Wangen und viele kleine Kinderhände hielten ihre Geschenke fest. Nur Emma packte ihr Päckchen nicht aus. Es war ihr erstes Fest ohne die Eltern.

Plötzlich rief meine Kollegin: „Hans, schau mal aus dem Fenster, es schneit."

Tatsächlich! Als ich aus dem Fenster blickte, sah ich weiße, weiche Schneeflocken, die auf die Erde fielen. Langsam schwebten sie tanzend herab. Auch Emma kam zum Fenster gelaufen. Leise fing sie an zu singen:

„Schneeflöckchen, Weißröckchen,
wann kommst du geschneit?
Du wohnst in den Wolken,
dein Weg ist so weit."

Nach und nach sangen alle Kinder mit.

Dann packte auch Emma ihr Päckchen aus. Es war eine Puppe darin. Plötzlich begannen ihre Augen zu strahlen. Sie lief hinaus auf den Hof und tanzte dort mit ihrer Puppe im Schneegestöber herum. Sie tanzte und tanzte und war glücklich.

Ich aber dankte Gott für den Schnee. Und wenn das nächste Mal eine Sternschnuppe vom Himmel fiel – das nahm ich mir ganz fest vor –, so wollte ich mir für Emma Pflegeeltern wünschen. Diesen Wunsch wollte ich in den Himmel schicken – vielleicht kam er ja auch beim lieben Gott an. Aber wer weiß, wann die nächste Sternschnuppe fiel? Eigentlich konnte ich auch jetzt schon den lieben Gott darum bitten. Denn der weiß, was jeder Mensch braucht, um glücklich zu sein.

Sankt Niklas, komm in unser Haus,
leer die großen Taschen aus!
Stell den Esel auf den Mist,
dass er Heu und Hafer frisst.
Heu und Hafer frisst er nicht,
Zuckerbrezel kriegt er nicht.

Volkstümlich

Weihnachtsschnee

Ihr Kinder, sperrt die Näschen auf,
es riecht nach Weihnachtstorten;
Knecht Ruprecht steht am Himmelsherd
und bäckt die feinsten Sorten.

Ihr Kinder, sperrt die Augen auf,
sonst nehmt den Operngucker:
Die große Himmelsbüchse, seht,
tut Ruprecht ganz voll Zucker.

Er streut – die Kuchen sind schon voll –
er streut – na, das wird munter:
Er schüttelt die Büchse und streut und streut
den ganzen Zucker runter.

Ihr Kinder, sperrt die Mäulchen auf,
schnell! Zucker schneit es heute;
fangt auf, holt Schüsseln – ihr glaubt es nicht?
Ihr seid ungläubige Leute!

Paula Dehmel

In der Weihnachtsbäckerei

In einem großen Haus am Rande der Stadt wohnte eine große Familie. Da gab es die Großeltern – die wohnten unten. Da gab es einen Sohn und eine Tochter – die lebten mit ihren Ehepartnern in der Mitte. Dann waren da noch die Kinder, sechs an der Zahl – die hatten oben unter dem Dach ihre Zimmer.

Das Oberhaupt der Familie war die Großmutter Mathilde. Sie war stolze achtzig Jahre alt, aber noch rüstig und immer in Bewegung. Sie wusste genau: Wer rastet, der rostet. Stets hatte sie ein Späßchen auf Lager.

Es war Anfang Dezember. Das ganze Haus war bereits adventlich geschmückt. Überall roch es nach frischem Tannengrün. Es war ein Brauch in der Familie, dass sich an den Adventssonntagen alle in Mathildes großer Küche trafen zum gemeinsamen Frühstück. Heute war schon der zweite Advent und daher brannten zwei Kerzen am Adventskranz, der mitten auf dem Küchentisch stand.

Nach dem Frühstück verkündete Mathilde: „Heute werden Plätzchen gebacken. Wer hat Lust, mitzumachen?"

Alle sechs Kinder riefen wie aus einem Mund: „Ich."

Nach dem Frühstück ging es los. Der große alte Küchentisch wurde frei geräumt und verwandelte sich kurzerhand in einen Bäckertisch. Mehl, Zucker, Eier, Butter, Vanillezucker, Zimt, Mandeln, bunte Streusel, Schokolade und Ausstechformen, Kuchenrollen und Puderzucker. Und dann kam das Beste, Großmutters altes Backbuch. Darin waren die wunderbarsten Backrezepte der Welt.

Mathilde las vor: „Schokolade, Honig, Nüsse, Zimt, dann stimmt's!" Dann blies sie ein wenig Mehl durch die Küche, die Kinder lachten und Mathilde sang ihnen ein Lied vor:

„In der Weihnachtsbäckerei
gibt es manche Leckerei,
zwischen Mehl und Milch
macht so mancher Knilch
eine riesengroße Kleckerei,
in der Weihnachtsbäckerei,
in der Weihnachtsbäckerei."

Dann wurde der Teig zubereitet. Erst wurden alle Zutaten gemischt. Ups! Da fielen zwei Eier zu Boden ... Na ja, das war schon die erste Kleckerei.

Großmutter Mathilde rief: „Aufgepasst und Platz gemacht, jetzt wird geknetet."

Alle waren eifrig bei der Sache und bald konnte man hören: „Mh, lecker." Das Naschen gehörte natürlich auch dazu.

Teig ausrollen, zwischendurch probieren, Plätzchen ausstechen, ab damit auf das Backblech und dann in den Ofen. Oh, wie gut das duftete! Der Geruch zog schnell durchs ganze Haus. Alle warteten gespannt auf die ersten Plätzchen. Dann kam das Schönste: Zuckerguss und Schokolade, Liebesperlen, bunte Streusel und wieder zwischendurch probieren, kleckern, matschen und verzieren.

Die Küche sah aus wie ein Schlachtfeld. Mathilde musste hinterher tüchtig putzen. Aber sie schimpfte nicht, denn das gehörte einfach dazu.

Am Nachmittag traf sich die Familie, um die Kekse zu probieren und Weihnachtslieder zu singen. Die Kinder schwärmten noch lange von dieser Weihnachtsbäckerei mit der herrlichen Kleckerei.

Der Pfarrer ist krank

Die ganze Gemeinde freute sich schon auf den Gottesdienst am Heiligabend. Jung und Alt trafen sich dann am Nachmittag in der Kirche. Es wurden schöne Weihnachtslieder gesungen, die Kerzen brannten und die Kinder führten ein Krippenspiel auf. Pfarrer Hufschmied hatte zu seiner Freude an diesem Tag immer eine volle Kirche. Natürlich bereitete er für diesen Gottesdienst eine besonders eindrucksvolle Predigt vor.

Doch ein paar Tage vor Weihnachten geschah das Unfassbare. Pfarrer Hufschmied wurde krank. Eine schwere Grippe mit hohem Fieber zwang ihn, das Bett zu hüten. Ob er bis zum Heiligabend wieder gesund werden würde? Es sah nicht danach aus.

Pfarrer Hufschmied überlegte hin und her, wer ihn wohl im Gottesdienst vertreten könnte. Schließlich war es undenkbar, einen Weihnachtsgottesdienst ausfallen zu lassen. Die Pfarrer in der Umgebung kamen als Vertretung nicht infrage, denn die hatten ja ihren eigenen Weihnachtsgottesdienst zu halten. So kam der Pfarrer auf die Idee, ein Gemeindemitglied zu fragen. Und er wusste auch schon, wen ... Dieser Jemand wollte ihn am Nachmittag besuchen kommen. Das passte gut.

Um fünfzehn Uhr kam sein Besuch. Es war der Puppenschnitzer Fritz Walldorf. Dieser war berühmt für seine wunderbaren Kasperlefiguren, die er aus gutem Holz schnitzte. Die Puppen sahen so echt aus, dass man meinte, sie würden gleich anfangen zu lachen und zu sprechen. Pfarrer Hufschmied trug dem Puppenschnitzer sein Anliegen vor.

Herr Walldorf bekam große Augen. „Ich soll Sie vertreten?", stammelte er. „In der Kirche? An Weihnachten? Lieber Herr Pfarrer, wie stellen Sie sich das vor?"

„Genau so, wie ich es sage. Sie werden das schon machen. Ein Mann mit Ihren Qualitäten und gottesfürchtig obendrein, der wird das schon schaffen. Und nun gehen Sie bitte, ich muss mich ausruhen", meinte der Pfarrer und schloss lächelnd die Augen.

Fritz Walldorf fühlte sich unbehaglich. Er half dem Pfarrer ja immer gern, aber musste es gleich eine Weihnachtspredigt sein? Er zermarterte sich den Kopf, wie er aus dieser Situation wieder herauskommen könnte. Es fiel ihm aber nichts ein.

Die Tage vergingen wie im Flug. Das Weihnachtsfest rückte immer näher und Herr Walldorf hatte keinen blassen Schimmer, über was er im Gottesdienst reden sollte. Er bekam Schweißausbrüche und hatte schlaflose Nächte. Zwei Tage vor Weihnachten war er völlig fertig mit den Nerven.

Da passierte es spät am Abend … Es gab einen Stromausfall. Fritz Walldorf saß im Dunkeln. Erst als seine Frau eine Kerze anzündete, ging ihm im wahrsten Sinne des Wortes ein Licht auf. Während er in den warmen Kerzenschein blickte, kam ihm nämlich die rettende Idee. Er beschloss, über das Licht und die Finsternis zu reden. Über Stromausfall und Kerzenlicht, über die Dunkelheit der Nacht und das Licht des Tages.

Sofort setzte er sich an seinen Schreibtisch und schrieb die Worte, die er sagen wollte, auf. Dazu suchte er sich passende Verse aus der Bibel.

Ihm fiel ein, dass auch in der Weihnachtsgeschichte von Licht und Finsternis die Rede ist: „Und der Engel des Herrn trat zu den Hirten und die Klarheit des Herrn leuchtete um sie; und sie fürchteten sich sehr. Und der Engel sprach zu ihnen: Fürchtet euch nicht! Siehe, ich verkündige euch große Freude, die allem Volk widerfahren wird; denn euch ist heute der Heiland geboren, welcher ist Christus, der Herr."

Fritz Walldorf dachte kurz nach. Was sagte der Engel? „Fürchtet euch nicht!" Ja, er hatte sich gefürchtet vor der Aufgabe, die er übernehmen sollte. Und es gab noch viele andere Situationen, in denen er sich gefürchtet hatte. Und wie oft hatte er Hilfe bekommen, gerade im rechten Moment. Auch diesmal.

Er lehnte sich zufrieden zurück. Jetzt konnte er es kaum erwarten, die Weihnachtspredigt zu halten.

Ein Schaukelstuhl für Großmutter

„Was machst du denn da Schönes?", fragte die Mutter.

„Ich schreibe meinen Wunschzettel", sagte die kleine Sandra. Sie sagte „schreiben", aber in Wirklichkeit malte sie. Sandra war erst fünf Jahre alt und konnte noch nicht schreiben.

„Aha", sagte die Mutter, „darf ich mal sehen?"

„Ausnahmsweise! Eigentlich ist das Bild für den Weihnachtsmann und streng geheim", meinte Sandra.

Die Mutter schaute sich das Bild an und fragte dann verwundert: „Da ist ja nur ein Schaukelstuhl drauf. Wo ist denn dein Wunsch?"

„Na, das ist doch der Schaukelstuhl, den wünsche ich mir", sagte Sandra, als wäre es das Normalste von der Welt. Sie wunderte sich doch sehr, warum die Mutter das nicht verstand.

„Wieso wünschst du dir denn einen Schaukelstuhl?", fragte die Mutter.

„Der ist nicht für mich. Den wünsche ich mir für die Großmutter", erklärte Sandra.

„Aha. Und warum?", fragte die Mutter.

„Großmutter sagt immer, wenn wir einen Schaukelstuhl hätten, dann würde sie auch länger bleiben", sagte die kleine Sandra.

„Ach so", sagte die Mutter und wurde nachdenklich. Sie wusste, dass Sandra ihre Großmutter sehr lieb hatte, und umgekehrt war es genauso. Sandra liebte es, wenn die Großmutter ihr Geschichten vorlas oder erzählte, aber Großmutter konnte nie so lange bleiben. Sie arbeitete jeden Tag noch ein paar Stunden. Großmutter besuchte nämlich alte kranke Menschen und hatte deshalb nicht so viel Zeit. Daher benutzte sie immer die Ausrede mit dem Schaukelstuhl. Sandra verstand es noch nicht, dass alte Menschen auch Gesellschaft brauchen und gerne Geschichten hören. Am liebsten hätte sie ihre Großmutter ganz für sich alleine. Das sollte jetzt ein Schaukelstuhl ändern. Der würde dafür sorgen, dass Großmutter länger bei ihr blieb, da war sich die kleine Sandra sicher.

Nun war es Mitte Dezember und Sandra legte ihren Wunschzettel am Abend auf die Fensterbank. Sie stellte noch einen Teller mit Keksen dazu, damit der Weihnachtsmann sich stärken konnte. Dann knipste sie das Licht vom Lichterbogen an, der im Fenster stand. Sie meinte: „Der Lichterbogen muss die ganze Nacht brennen, damit der Weihnachtsmann auch meinen Wunschzettel sieht." Anschließend stellte sie sogar noch ihr Sparschwein daneben, weil ja so ein Schaukelstuhl wohl sehr teuer ist.

Die Mutter war ganz gerührt über ihre Tochter. Vor zwei Wochen hatte sie sich noch einen Puppenwagen gewünscht, doch der schien nun vergessen.

Jeden Abend sprach Sandra in ihrem Bettchen ein Gebet: „Lieber Gott, schick mir ein Engelein, dass es treulich bei mir wacht durch die ganze lange Nacht. Und mach doch bitte, dass der Weihnachtsmann einen Schaukelstuhl für meine Großmutter bringt. Amen."

Endlich war es Heiligabend. Am Nachmittag ging Sandra mit ihrem Vater in die Kirche. Die Mutter musste zu Hause noch irgendetwas vorbereiten, wie sie sagte. Aber Sandra konnte gar nicht richtig zuhören, sie war ganz zappelig.

Als die beiden wieder nach Hause kamen, dauerte es nicht mehr lange, und das Glöckchen läutete. Sandra durfte mit dem Vater zur Bescherung ins Wohnzimmer kommen.

Der große Weihnachtsbaum mit seinen Kerzen strahlte festlich. Darunter stand ein wunderschöner Puppenwagen. Genau so einen hatte Sandra haben wollen! Doch ihre Augen leuchteten nur kurz, dann wanderte ihr Blick nach rechts und nach links. War da irgendwo ein Schaukelstuhl zu entdecken? Sandra sah keinen und meinte nur traurig: „O nein, der Weihnachtsmann hat ihn vergessen."

„Geh doch mal um den Baum herum", sagte die Mutter. Das tat Sandra, und siehe da, hinter dem Weihnachtsbaum stand ein Schaukelstuhl. In dem Schaukelstuhl saß die Großmutter und lachte. Sie breitete ihre

Arme aus und drückte Sandra an sich. Beide waren glücklich und fanden: Dies war eine wunderschöne Weihnachtsüberraschung.

Weihnachten bei Mutter

Wie jeder weiß, ist ein Seemann immer sehr lange von zu Hause fort. So war es auch bei Freddy. Er fuhr als Seemann mit einem großen Frachtschiff über die Meere. Der Frachter transportierte Waren von einem Erdteil zum anderen. Mal waren es Stoffe, ein anderes Mal Lebensmittel, Spielzeug, Möbel oder Kleidung. Heimweh konnte Freddy sich nicht erlauben, denn wenn das Schiff erst einmal unterwegs war, gab es kein Zurück mehr. Dann hieß es durchhalten, bis der heimatliche Hafen wieder in Sicht war.

Oft war Freddy auch über die Weihnachtstage weit weg von zu Hause. Und dabei wünschte er sich nichts sehnlicher, als endlich einmal an Weihnachten wieder zu Hause zu sein – so wie damals, als er noch ein Junge war. Wie oft war er in den letzten Jahren zu spät gekommen, nie hatte es pünktlich geklappt.

Und wieder war es so weit. Anfang Oktober lief sein Schiff aus dem Hafen aus. Als sie in See stachen, schaute Freddy zurück ans Ufer und wünschte sich ganz fest, dass es diesmal klappen möge. Nach so vielen Jahren wollte er diesmal gern mit seiner Mutter Weihnachten feiern. Das war sein Wunsch.

Die Erinnerungen an die Weihnachtsfeste seiner Kindheit waren so schön. Plätzchenduft, frisches Tannengrün und Gänsebraten. Ein liebevoll geschmückter Tannenbaum, unter dem die Geschenke lagen. Die Mutter mit der Küchenschürze in der großen Wohnküche am Herd. Der Duft von Rotkohl und Bratäpfeln ... Sie hatten zusammen Weihnachtslieder gesungen und waren in die Kirche gegangen. Das alles wollte Freddy wieder erleben, riechen und schmecken. Doch nun war er auf dem Meer unterwegs und es hieß: abwarten.

Im Dezember schmückten die Seeleute das Schiff. Die Kajüten, die Kombüse und das Schiffsdeck wurden mit Lichterketten, Tannengrün und goldenen Sternen dekoriert. Die Lichterketten leuchteten die ganze Nacht hindurch. So war ihr Schiff schon von Weitem zu sehen. Der lange Hein spielte auf dem Schifferklavier Weihnachtslieder und die Besatzung sang dazu. Doch bei Freddy kam keine richtige Weihnachtsstimmung auf. Er wollte nach Hause.

Am 10. Dezember machte sich das Schiff endlich auf den Heimweg. Wenn nichts dazwischenkam, würden sie am 23. Dezember im heimatlichen Hafen eintreffen. Acht Tage lang ging alles gut. Doch dann zog schlechtes Wetter auf. Sturmwolken ballten sich am Himmel zusammen. Grau und schwarz war das Firmament. Die Wellen peitschten an der Schiffswand hoch und ließen das Schiff hin und her schaukeln. Heftiger Regen prasselte hernieder. Der Frachter kam nur ganz langsam vorwärts. So vergingen drei Tage. Das Wetter wollte und wollte sich nicht bessern.

Freddy war verzweifelt. Und in seiner Verzweiflung hob er die Arme, blickte in den Sturmhimmel und rief, so laut er konnte: „Lieber Gott, hilf uns, wir sind in großer Not! Lass den Sturm fortziehen! Und ... ich möchte zu Weihnachten doch so gern bei meiner Mutter sein!"

Und siehe da, es geschah ein Wunder. Am nächsten Morgen beruhigte sich das Wetter, der Himmel klarte auf. Und am 24. Dezember, genau an Heiligabend, kam das Schiff im Heimathafen an. Nun hatten die Seeleute es eilig, jeder wollte schleunigst nach Hause. Auch Freddy verließ das Schiff und erwischte noch den letzten Zug, der in seinen Heimatort fuhr. Schnurstracks rannte er zu seinem Elternhaus, wo er schon erwartet wurde.

„Junge, dass ich das noch erleben darf", rief seine Mutter, als sie die Tür öffnete. Sie schloss ihn in die Arme und beide wünschten sich ein frohes Fest.

Als hätte sie es geahnt, dass Freddy heimkam: Die Mutter hatte sogar einen Gänsebraten vorbereitet, Geschenke für ihn eingepackt und einen wunderbaren Weihnachtsbaum aufgestellt. Freddy dankte Gott von ganzem Herzen, dass sein Weihnachtswunsch in Erfüllung gegangen war.

Stille Nacht

Stille Nacht, heilige Nacht!
Alles schläft; einsam wacht
nur das traute, hochheilige Paar.
Holder Knabe im lockigen Haar,
schlaf in himmlischer Ruh,
schlaf in himmlischer Ruh!

Stille Nacht, heilige Nacht!
Hirten erst kundgemacht;
durch der Engel Halleluja
tönt es laut von fern und nah:
Christ, der Retter, ist da,
Christ, der Retter, ist da!

Stille Nacht, heilige Nacht!
Gottes Sohn, o wie lacht
Lieb aus seinem göttlichen Mund,
da uns schlägt die rettende Stund,
Christ, in deiner Geburt,
Christ, in deiner Geburt!

Joseph Franz Mohr

Weihnachten in der guten Stube

Das Geld war knapp, und deshalb wurde der Kohleofen in der guten Stube nur zu Geburtstagen, Ostern und Weihnachten gefüllt und aufgeheizt. Ansonsten fand das Leben in der Wohnküche statt. Familie Bergmann lebte mit ihren zwei Kindern sehr bescheiden und sparsam. Nur so konnte man über die Runden kommen.

Wenn Frau Bergmann das große weiße Laken vom weinroten Sofa wegzog, dann wussten alle, dass etwas Besonderes bevorstand. Und nun war es wieder einmal so weit: Frau Bergmann putzte die gute Stube. Sie faltete das Laken zusammen, mit dem das Sofa vor Staub geschützt wurde, sie polierte den alten Wohnzimmerschrank und bohnerte den Fußboden. In zwei Tagen war Weihnachten – da musste alles glänzen.

Der Duft von frischen Tannenzweigen breitete sich aus, denn Herr Bergmann hatte einen Weihnachtsbaum besorgt. Er wurde vor das kleine Fenster gestellt und gemeinsam mit den Kindern geschmückt. Sie hängten Wattekugeln, kleine selbst gebastelte Engel und Strohsterne an die Zweige. Dazu kamen echte Wachskerzen und ein wenig Lametta. Am Schluss holte Frau Bergmann eine silberne Spitze aus einer alten Schachtel, die von Herrn Bergmann oben auf den Baum gesteckt wurde.

Die beiden Kinder, Josefine und Harald, waren voller Vorfreude auf das Fest und zugleich sehr aufgeregt und ungeduldig. Lange Wunschzettel hatten sie schon vor Wochen geschrieben. Josefine wünschte sich eine neue

Puppe, denn die alte hatte einen Arm verloren. Sie hätte auch gern einen Puppenwagen und einen neuen Teddy, weil an dem alten Bären die Ohren fehlten. Auf Haralds Wunschzettel standen ein Auto und ein Roller und ganz viele Süßigkeiten. Er war ein kleines Schleckermaul. Aber die Kinder wussten natürlich, dass die Eltern nicht viel kaufen konnten.

Herr Bergmann schlachtete ein Hähnchen für das Festmahl. Frau Bergmann kochte Kartoffelpüree und Rotkohl dazu. Und hinterher gab es noch etwas, was nicht alle Tage auf den Tisch kam: einen wunderbaren Vanillepudding mit Himbeersoße.

Herr Bergmann wünschte sich vor allem, dass die Kohle über die Feiertage reichte. Frau Bergmann wünschte sich eine glückliche Familie. Und insgeheim wünschte sie sich noch ein Stückchen Duftseife. Es dürfte auch ruhig nur ein halbes Stück sein, denn Lavendelseife war sehr teuer, das wusste sie.

An Heiligabend wurde um siebzehn Uhr zusammen gegessen. Danach verschwand Frau Bergmann in der guten Stube, um letzte Vorbereitungen zu treffen, und kurz darauf läutete ein Glöckchen. „Bescherung", rief Frau Bergmann fröhlich.

Die Kinder stürmten begeistert ins Wohnzimmer. Sie blieben wie geblendet vor dem Weihnachtsbaum stehen. Mit den brennenden Wachskerzen sah er wunderschön und festlich aus. Die Geschenke lagen darunter. Doch bevor sie ausgepackt wurden, fassten sich alle an den Händen und sangen gemeinsam:

„O du fröhliche, o du selige
gnadenbringende Weihnachtszeit ..."

Mit klopfendem Herzen nahmen die Kinder ihre Geschenke in Empfang. Josefine packte ihre alte Puppe aus. Sie staunte nicht schlecht, denn der fehlende Arm war wieder dran und ein neues Jäckchen hatte sie auch an. Ihr alter Teddy besaß wieder zwei Ohren – und es gab noch ein Paar selbst gestrickte Handschuhe aus roter Wolle. Für Harald hatte der Vater ein Auto geschnitzt. Außerdem packte er eine neue Schiefertafel samt Griffel aus. Eine besondere Überraschung war ein bunter, selbst gestrickter, extralanger Schal.

Ganz feierlich zog der Vater eine Tafel Schokolade aus seiner Jackentasche. Er brach sie in zwei Teile und gab jedem Kind eine Hälfte. Dann griff er noch einmal in die Tasche und holte ein weiteres Päckchen heraus, das er seiner Frau überreichte. Ihre Augen strahlten vor Freude, als sie ein Stückchen Lavendelseife auspackte. Frau Bergmann sagte: „Kinder, es ist ja wie im Paradies. Ein frohes Fest uns allen!"

Auch Herr Bergmann bekam ein kleines Geschenk: Tabak für sein Pfeifchen. Frau Bergmann hatte lange dafür gespart und seine Freude war groß.

Alle waren glücklich und zufrieden. Und die Kohle reichte auch über die Feiertage.

O du fröhliche

O du fröhliche, o du selige
gnadenbringende Weihnachtszeit!
Welt ging verloren, Christ ist geboren:
Freue, freue dich, o Christenheit!

O du fröhliche, o du selige
gnadenbringende Weihnachtszeit!
Christ ist erschienen, uns zu versühnen:
Freue, freue dich, o Christenheit!

O du fröhliche, o du selige
gnadenbringende Weihnachtszeit!
Himmlische Heere jauchzen dir Ehre:
Freue, freue dich, o Christenheit!

Johannes Daniel Falk / Heinrich Holzschuher

Das schönste Lebkuchenhaus

Es war spät am Nachmittag, als Henriette nach Hause kam. Sie hatte einen langen Stadtbummel hinter sich. Auf der Suche nach Weihnachtsgeschenken und anderen kleinen Besorgungen war sie von Geschäft zu Geschäft gelaufen. Nun war sie sehr erschöpft.

„Gisbert", rief sie ihrem Mann zu, „ich muss mich einen Augenblick hinsetzen. Die Leute sind alle verrückt, glaube ich. In den Geschäften ist die Hölle los."

„Ja, Henriette, setz dich", sagte ihr Mann verständnisvoll. „Hast du denn das Lebkuchenhaus bekommen?", fragte er vorsichtig.

„Nein, Gisbert, es war zu voll und ich hatte keine Lust, mich in die Warteschlange zu stellen", antwortete Henriette.

„Schade", sagte Gisbert enttäuscht.

„Du kannst ja selber losgehen, dann siehst du, wie verrückt die Leute sind. Es ist ein Gehetze, Gedränge und Geschubse. Es gibt wirklich alles zu kaufen, nur kommt man nicht an die Sachen ran", stöhnte Henriette.

Gisbert dachte kurz nach. „Kannst du mir wohl ein oder zwei Bleche mit Lebkuchen backen?", fragte er schließlich.

„Das kann ich wohl. Aber was willst du damit?", wollte Henriette wissen.

„Ich möchte selbst ein Lebkuchenhaus zusammenbauen", antwortete Gisbert und strahlte dabei über das ganze Gesicht.

Da konnte Henriette nicht Nein sagen. Gleich am nächsten Tag backte sie drei Bleche voll Lebkuchen – keine einzelnen Plätzchen, sondern große Teigplatten.

Gisbert besorgte währenddessen jede Menge Süßigkeiten: Zuckerkringel, Dominosteine, Liebesperlen und Puderzucker. Voller Elan band er sich dann Henriettes Küchenschürze um und begann mit dem Bau seines Lebkuchenhauses.

Mit einem Lineal nahm er Maß und schnitt als Erstes die Hauswände und zwei Dachhälften aus. Das war gar nicht so einfach, denn an manchen Stellen bröselte und bröckelte der Kuchenteig. Doch Henriette meinte, das ließe sich später mit Puderzuckerguss reparieren. Das war beruhigend.

Aus den Hauswänden schnitt Gisbert vorsichtig zwei Fenster und eine Tür aus. Dann rührte er den Puderzucker mit ganz wenig Milch zu einem schönen festen Zuckerguss an. Damit klebte er die Wände zusammen. Der Puderzuckerguss sah aus wie schöner weißer Schnee.

Jetzt musste Gisbert die Teile gut festhalten, bis der Guss hart geworden war. Am Anfang fielen die Wände immer wieder um. Als Henriette das sah, stützte sie die Wände mit Holzbrettchen ab. Das war eine gute Idee. Als Nächstes kam das Dach an die Reihe. Es wollte und wollte nicht oben bleiben, sondern drohte ständig, abzurutschen. Gisbert wurde schon ganz ungeduldig. Doch nach drei Stunden hielt endlich alles fest zusammen.

Das Haus war zwar ziemlich schief geraten und sah

eher aus wie eine Ruine, aber Gisbert sagte sich: „Wenn erst alles verziert ist, sieht man das nicht mehr. Und wir haben dann wochenlang etwas zum Naschen." Er war schon voller Vorfreude auf die Leckereien.

Also fing er an, die Verzierung mit Puderzuckerguss anzubringen. Dominosteine, Schokoladensterne, Zuckerkringel und Marzipankugeln rutschten um die Wette vom Dach und an den Wänden herunter. Eine Puderzuckerspur nach der anderen kam hinzu. Doch irgendwann hielt alles fest. Ganz zum Schluss kam noch Puderzucker in ein Sieb und Gisbert ließ es schneien.

Das Lebkuchenhaus war lustig anzusehen. Es sah fast so aus, als wäre ein Sturm darüber hinweggezogen.

„Ich finde, es sieht aus wie das Hexenhaus von Hänsel und Gretel", meinte Henriette und beide lachten. Für Gisbert und Henriette war es das schönste Lebkuchenhaus der Welt, denn schließlich hatten sie es selbst gebaut.

Zu Weihnachten wurde kräftig genascht und geknuspert. Hinterher hatte jeder ein paar Pfunde mehr auf den Rippen. Aber das war der Spaß wert.

Ein ganz besonderer Stollen

Die Weihnachtszeit ist eine ganz besondere Zeit. Sie ist voller Geheimnisse und wunderbarer Düfte. Es riecht nach Vanille, Zimt und Lebkuchen, wir zünden Kerzen an und viele Räume sind mit Tannengrün geschmückt. Goldene Sterne funkeln an den Fenstern und aus der Küche duftet es nach Bratäpfeln. Die Kinder schreiben eifrig ihre Wunschzettel und die Hausfrauen treffen Vorbereitungen für das Festessen. Zwischendurch machen sie Hausputz und gehen zum Friseur.

So war es auch bei Familie Hofmeister. Frau Hofmeister hatte schon etliche Keksdosen mit ihren selbst gebackenen Plätzchen gefüllt und gut versteckt. Vanillekipferl, Honigkuchen, Zimtsterne und Makronen warteten darauf, gegessen zu werden. Doch nun sollte auch noch ein Stollen gebacken werden. Dieser Stollen mit einer saftigen Marzipanfüllung war Frau Hofmeisters Spezialität. Niemand in der ganzen Stadt konnte ihn so gut backen wie sie.

Frau Hofmeister machte sich früh genug an die Arbeit, denn der Stollen musste ja noch etwas lagern, damit er Weihnachten richtig aromatisch schmeckte. Sie machte es immer so, dass sie selbst den Teig zubereitete und den Stollen formte. Anschließend brachte sie den Teig zum Bäcker und ließ den Stollen backen. Ihr eigener Kohleherd war dafür nicht so gut geeignet, denn bekanntlich ist ein Hefeteig sehr empfindlich.

An einem Mittwochmorgen, genau um zehn Uhr,

machte sich Frau Hofmeister auf den Weg zum Bäcker. Den fertigen Stollenteig hatte sie bei sich – gut verpackt mit Geschirrtüchern, denn draußen war es kalt und Schneeregen hatte eingesetzt.

„Einmal bitte den Teig backen, so wie immer", rief sie fröhlich, als sie die Bäckerei betrat.

„Das geht leider nicht. Der Ofen ist schon voll", sagte der Bäcker.

„Wann ist er denn wieder frei?", fragte Frau Hofmeister.

„Leider erst am Nachmittag, wir haben schon jede Menge Teig hier liegen", bedauerte der Bäcker.

Frau Hofmeister eilte zwei Straßen weiter. „Einmal bitte meinen Teig backen", sagte sie zur Bäckerin.

Doch die Bäckersfrau schüttelte den Kopf und sagte: „Das ist heute nicht mehr möglich, kommen Sie morgen früh wieder."

Frau Hofmeister eilte noch zwei Straßen weiter. Das war nun der letzte Bäcker.

„Einmal bitte den Teig backen", sagte sie und wartete hoffnungsvoll auf eine Antwort.

„Der Ofen ist für heute ausgebucht. Die ganze Stadt scheint heute zu backen", sagte der Bäcker.

„Auch das noch, was für ein Pech", stöhnte Frau Hofmeister und lief eilig wieder nach Hause. Was mache ich jetzt nur?, überlegte sie. Nachdenklich schaute sie auf ihren Kohleofen. Kurz entschlossen legte sie noch eine Schaufel Kohlen nach, öffnete die Backröhrenklappe und schob ihren Stollenteig hinein. „Mehr als schiefgehen kann es nicht mehr", sagte Frau Hofmeister und setzte sich auf den Küchenstuhl. Bald zog der Stollenduft durch die Küche, durch die Wohnung, durchs ganze Haus. Ein herrlicher Geruch.

Nach sechzig Minuten holte sie den Stollen wieder heraus. Und siehe da, er schien gut zu sein. Er war nicht verbrannt, das war die Hauptsache. Eine dicke Puderzuckerschicht kam noch auf den Stollen, dann wurde er gut verpackt und kam in die Vorratskammer.

Frau Hofmeister war überglücklich. Sie freute sich königlich über ihren ersten selbst gebackenen Stollenteig. Jetzt freute sie sich umso mehr auf das Weihnachtsfest und auf die erstaunten Augen der Familie, wenn sie erzählen würde, was sie mit diesem Stollen alles erlebt hatte, bevor er endlich in die Röhre kam.

Heiligabend im Krankenhaus

In jedem Jahr, wenn es auf den Heiligen Abend zugeht, denke ich daran, was vor vielen Jahren geschehen ist. Damals verbrachte ich nämlich den Heiligen Abend und natürlich auch die Weihnachtstage im Krankenhaus.

Mein Bauch war mächtig rund und dick geworden, und ich konnte es kaum erwarten, unser Baby in die Arme zu schließen. Ja, ich erwartete mein erstes Kind – und der dicke Bauch war ständig im Weg. Ich erinnere mich lebhaft daran, dass ich mich kaum noch drehen und wenden konnte. Ich glaube, das vergisst man nie.

Wir besaßen zu dieser Zeit ein kleines Geschäft. Es gab dort Werkzeug, Schrauben und Nägel, Scheren und Messer zu kaufen. Das Geschäft warf nicht viel Geld ab, aber zum Leben reichte es. Wir waren bescheiden.

Morgens um neun Uhr öffnete mein Mann den kleinen Laden und um achtzehn Uhr schloss er ihn wieder ab. Ich blieb zu Hause und führte den Haushalt. So gehörte es sich damals für eine gute Hausfrau.

Anfang Dezember hatte ich die Wohnung weihnachtlich geschmückt. Das war mir nicht leichtgefallen, denn der Babybauch war hinderlich und das Kleine strampelte kräftig darin herum. Ich hatte frische duftende Tannenzweige in die Vase gestellt und auf die Fensterbank einen Weihnachtsmann aus Holz mit einem Schlitten. Auf dem Wohnzimmertisch stand der Adventskranz mit vier dicken roten Kerzen. Mehr hatten wir nicht.

Ein kleines Kinderzimmer war bereits eingerichtet. Ein Bettchen, ein Tisch und eine Wickelkommode standen bereit – das Baby konnte kommen.

Am 24. Dezember, es war früh am Morgen, überlegten mein Mann und ich noch, wie das Kind denn heißen sollte. Ich wünschte mir ein Mädchen – es sollte Marie heißen. Mein Mann wollte lieber einen Stammhalter, mit dem er später Fußball spielen konnte. Typisch Mann! Er sollte den Namen Johannes bekommen. Nach dem Frühstück ging mein Mann noch für einen halben Tag zur Arbeit.

Um zwölf Uhr setzten die Wehen ein. Oh, so schlimm hatte ich mir das nun doch nicht vorgestellt. Eilig schrieb ich meinem Mann einen Zettel und legte den auf den Küchentisch. Dann schnappte ich meine Tasche, die schon seit einiger Zeit gepackt bereitstand. So machte ich mich zu Fuß auf den Weg ins Krankenhaus. Das vergesse ich nie.

Die Hebamme untersuchte mich sorgfältig. Sie tastete meinen Bauch ab und hörte nach den Herztönen. Plötzlich hielt sie inne und schaute mich nachdenklich an. Ich bekam Angst.

Die Hebamme sagte: „Nanu, Moment mal, habe ich mich da gerade verhört?" Sie horchte meinen Bauch noch einmal ab.

Ängstlich fragte ich: „Ist etwas nicht in Ordnung?"

„Nein, nein, keine Sorge, ich glaube nur, dass es zwei Kinder sind", antwortete die Hebamme schmunzelnd.

Ich weiß noch genau, wie ich damals sagte: „Aber ich habe nur *ein* Kinderbett."

„Da passen zur Not erst einmal zwei Babys rein", sagte die Hebamme.

Und dann ging es los. Pünktlich zur Bescherung um achtzehn Uhr erblickten Marie und Johannes das Licht der Welt. Ein Junge und ein Mädchen ... für jeden ein gesundes Kind, dachte ich erleichtert. Und im Stillen dankte ich Gott für unsere Christkinder. Zwillinge, geboren am Heiligen Abend, was für ein wunderbares Geschenk!

Dieses Weihnachtsfest werde ich niemals vergessen,

es war mein allerschönstes Weihnachtsfest, dort im Krankenhaus mit meinen Babys.

Ein Hund im Rollator

Frau Münster arbeitete schon seit vielen Jahren in einem Seniorenheim. Sie hatte einen kleinen Hund, der hieß „Timo". Es war ein Pekinese mit schwarzem Fell und weißen Pfötchen. Der kleine Hund war immer an ihrer Seite und kam jeden Tag mit ins Heim. Dort lief er von Zimmer zu Zimmer und begrüßte freudig alle Bewohner.

Einmal in der Woche gab es einen Musiknachmittag. Die Senioren sangen alte Volkslieder und wurden dazu auf dem Klavier begleitet. Das liebte Timo ganz besonders. Frau Münster legte dann sein Kuschelkissen auf den Boden, Timo machte es sich darauf bequem und spitzte die Öhrchen. Wenn die Musik begann, schlug er mit seinem Schwänzchen den Takt dazu. Es sah sehr spaßig aus. Die Bewohner fanden ihn sehr musikalisch und klatschten ordentlich Beifall. Der kleine Timo brachte allen viel Freude.

In dem Seniorenheim wohnte auch Frau Bauer, eine nette alte Dame. Sie war sehr tierlieb. Früher hatte sie selbst einen Hund, zwei Katzen und ein Häschen gehabt. Sie vermisste ihre Tiere sehr und freute sich umso mehr, wenn Timo zu Besuch kam. Doch wenn der kleine Hund wieder ging, war sie immer ganz traurig. Darum überlegte sich Frau Münster eine ganz besondere Überraschung für Frau Bauer.

Am ersten Weihnachtstag kam sie wieder mit Timo ins Heim. Sie trug den kleinen Hund auf dem Arm und hatte auch das Kuschelkissen dabei. Diesmal ging sie direkt in Frau Bauers Zimmer. Die saß in ihrem Lieblingssessel und las ein Buch. Frau Bauer strahlte, als sie Timo sah. Sie freute sich so sehr, dass sie vor Vergnügen in die Hände klatschte. Doch was machte Frau Münster da? Sie legte das Kuschelkissen in Frau Bauers Rollator. Und ehe die verdutzte Frau Bauer noch nachfragen konnte, warum sie das tat, sprang Timo in den Rollator und machte es sich auf seinem Kissen bequem.

„Oh, ist das herzig", rief Frau Bauer. Timo hatte die Öhrchen gespitzt und blinzelte Frau Bauer mit seinen kleinen braunen Augen freundlich an. Sein Schwänzchen wedelte dabei vor Freude.

Die Pflegerin sagte zu Frau Bauer: „Für heute ist das *Ihr* Hund. Egal, wohin Sie gehen, Sie dürfen Timo mitnehmen. Das ist mein persönliches Weihnachtsgeschenk für Sie."

Frau Bauer war überglücklich. Sie nahm Timo am Nachmittag mit zur Weihnachtsfeier, und während sie Kaffee trank und Weihnachtsgebäck knabberte, lag Timo friedlich in ihrem Rollator. Und als alle Bewohner Weihnachtslieder sangen, schlug Timo mit seinem Schwänzchen den Takt dazu.

Am Abend, als die Pflegerin wieder mit Timo nach Hause musste, sagte Frau Bauer: „Das war seit Langem mein schönstes Weihnachtsfest. Zum ersten Mal habe ich nichts vermisst. Sie waren so freundlich zu mir. Gott segne Sie und Timo."

Dann winkte sie den beiden noch lange hinterher.

Die guten alten Zeiten

Im September sagte Mia zu ihrem Mann: „Stell dir nur vor, Wolfgang, in den Geschäften gibt es schon Spekulatius, Dominosteine und Schokoladenweihnachtsmänner. Ein ganzer Tisch ist voll damit – und die Leute kaufen das auch schon. Bist du etwa schon in Weihnachtsstimmung? Also ich nicht! Wir haben schließlich erst September. Weihnachtsmänner im September, wo gibt es denn so etwas? Das ist doch völlig verrückt! Oder was meinst du, Wolfgang?"

Wolfgang meinte: „Ach ja, in den guten alten Zeiten, da gab es so etwas nicht. Also wenn ich jetzt schon Dominosteine esse, dann mag ich sie zu Weihnachten bestimmt nicht mehr. Dann ist der Reiz weg."

„Du hast völlig recht, Wolfgang", sagte Mia und nickte zustimmend.

Im Oktober erzählte Mia: „Wolfgang, stell dir nur vor, es gibt schon Stollen und Marzipanbrote zu kaufen."

Wolfgang staunte und meinte: „Oje, wo sind die guten alten Zeiten geblieben? Früher gab es so etwas auf keinen Fall. Erst kurz vor Weihnachten waren diese Köstlichkeiten zu bekommen. Wo soll das nur alles hinführen?"

„Ja, Wolfgang, du hast völlig recht", sagte Mia und nickte kräftig mit dem Kopf.

Als Mia im November vom Einkaufen nach Hause kam, sagte sie: „Stell dir vor, Wolfgang, nun haben sie auch schon Christbaumkugeln, Engel, Lametta und künstliche Weihnachtsbäume, Sterne, Krippen und anderen Glitzerschmuck. Und das Schönste ist, aus einem Lautsprecher ertönt Weihnachtsmusik. Wir haben doch noch nicht einmal den ersten Advent!"

Wolfgang stöhnte: „Oje, wo sind die guten alten Zeiten geblieben?"

„Ja, aber das ist noch nicht alles. Die Leute sind hektisch und drängeln, keiner hat Zeit. Noch nicht einmal Frau Müller – *die* hatte es vielleicht eilig!", sagte Mia.

Wolfgang schüttelte verständnislos den Kopf und meinte: „Ja, das war in den guten alten Zeiten anders. Da hatte jeder für den anderen Zeit. Man half sich gegenseitig und trank einen Punsch zusammen. Ach, wo sind sie geblieben, die guten alten Zeiten?"

„Du hast völlig recht, Wolfgang", sagte Mia und nickte wieder mit dem Kopf.

Im Dezember sagte Wolfgang: „Mia, weißt du noch, wie wir früher mit den Kindern Strohsterne für den Christbaum gebastelt haben?"

„Ja, Wolfgang, das war immer sehr schön", meinte Mia.

„Was hältst du davon, wenn wir beide Strohsterne basteln und sie dann an unseren Baum hängen?", fragte Wolfgang.

„Eine schöne Idee", sagte Mia.

An einem Nachmittag, es war Mitte Dezember, saßen Mia und Wolfgang am Küchentisch. Mia bügelte die eingeweichten Strohhalme platt und Wolfgang brachte sie auf die richtige Länge und schnitt Zacken in die Enden. Mia klebte sie zusammen, Wolfgang band einige mit Garn zusammen. Dabei knabberten sie Weihnachtsgebäck und tranken Tee.

„Wie in alten Zeiten", seufzte Wolfgang glücklich.

„Ja, Wolfgang, du hast recht", meinte Mia.

Wolfgang besah sich die fertigen Sterne: „Die hängen wir alle an den Baum. Und die Weihnachtslieder, die singen wir auch selbst. Wir brauchen dazu kein Gerät und irgendwelchen modernen Schnickschnack. Wir singen selbst."

„Ja, Wolfgang, du hast recht", sagte Mia und nickte.

Es wurde ein schönes Fest, genau wie in den guten alten Zeiten.

Süßer die Glocken nie klingen

Süßer die Glocken nie klingen
als zu der Weihnachtszeit;
's ist, als ob Engelein singen
wieder von Friede und Freud,
wie sie gesungen in seliger Nacht,
wie sie gesungen in seliger Nacht,
Glocken mit heiligem Klang,
klinget die Erde entlang.

Friedrich Wilhelm Kritzinger

Weihnachtliche Gedanken im Juni

Jedes Jahr im Juni begann Rosalie bereits an Weihnachten zu denken. Etwas früh, meinen Sie? Im Juni denkt man doch nicht schon an Weihnachten, oder?

Doch – und das kam ganz automatisch, während sie Johannisbeergelee kochte. Jetzt fragen Sie sich bestimmt, was das Johannisbeergelee mit Weihnachten zu tun hat. Nun, Rosalie brauchte das Gelee für die Linzer Torte, die sie in jedem Jahr für das Weihnachtsfest backte. Außerdem brauchte sie Johannisbeergelee für den Rotkohl, den es zum Kaninchen gab. Und das alles am ersten Weihnachtstag.

Außerdem begann sie schon im Juni, über die Weihnachtsgeschenke nachzudenken. Auch etwas früh, denken Sie? Nein – gar nicht früh, wenn man die Geschenke selber macht. Es waren nur Kleinigkeiten, die Rosalie verschenkte, aber sie kamen von Herzen. So begann sie im Juni, Socken zu stricken, Deckchen zu häkeln, Tischdecken auszusticken und Erdbeermarmelade zu kochen. Die war bei allen Familienmitgliedern sehr begehrt. Und selbst gemacht schmeckt es ja immer noch am besten.

Zwei Tage vor dem Weihnachtsfest war es dann so weit: Die Linzer Torte musste gebacken werden. Dafür brauchte Rosalie einen guten Mürbeteig aus Mehl, Zucker, Butter, Eiern, Nüssen, Nelken und Zimt. Darauf wurde das Johannisbeergelee verteilt. Über das Gelee legte Rosalie noch ausgeschnittene Teigstreifen, die sie wie ein Gitter anordnete. Das Ganze musste bei 170 Grad dann 35–40 Minuten im Ofen backen.

Rosalie leckte sich die Lippen, als der Kuchen im Ofen war. Sie dachte an eine dampfende frische Tasse Kaffee, mit einem Stück von ihrer Linzer Torte. Lecker! Und genau in diesem Moment klingelte das Telefon.

Rosalies Freundin brauchte dringend das Backrezept der Linzer Torte. Das gab Rosalie gerne weiter. Sie brauchte noch nicht einmal das Backbuch dazu, denn sie wusste das Rezept auswendig. Danach plauderten sie noch ein wenig über dies und das, der Gesprächsstoff ging den beiden Freundinnen nie aus.

Doch plötzlich stieg Rosalie ein verdächtiger, verbrannter Geruch in die Nase. Argwöhnisch schnupperte sie in Richtung Küche und stieß einen Schrei aus. Zu spät! Der Kuchen war bereits verbrannt und ungenießbar.

So geschah es, dass es bei Rosalie zum ersten Mal keine Linzer Torte zum Weihnachtsfest gab, sondern nur Plätzchen. Und damit das nicht noch einmal passiert, nahm Rosalie sich ganz fest vor: Ich werde nie wieder telefonieren, während ein Kuchen im Ofen ist.

Schneesturm am Heiligen Abend

Es ist schon ein paar Jahrzehnte her. Damals hatten wir einen ungemein strengen Winter. Es schneite und schneite und der Schnee hatte bereits alle Wiesen und Felder wie mit einem weißen Laken zugedeckt. Ich war damals neun Jahre alt und kann mich noch gut daran erinnern, dass auch die Tiere im Wald Hunger litten.

Jetzt stand das Weihnachtsfest vor der Tür. Es war noch früh am Morgen und wir saßen am Frühstückstisch, als mein Vater zu mir sagte: „Charlotte, zieh dich warm an. Wir fahren mit dem Schlitten in den Wald. Heute ist Heiligabend – und da sollen die armen Tiere keinen Hunger leiden. Pack bitte die Eicheln und Kastanien in einen Sack, ich hole einen Strohballen und Heu."

Mutter schimpfte zwar, denn sie war gar nicht begeistert von dieser Idee, doch mein Vater beruhigte sie: „In einer Stunde sind wir wieder zurück." Dann spannte er unser Pferd vor den Schlitten, und los ging es in den Wald hinein. Ich saß auf dem Schlitten und war warm eingepackt. Zwei heiße Ziegelsteine lagen am Boden und wärmten meine Füße.

Im Wald war es so still wie in einer Kirche. Kein Vogel zwitscherte, kein Hase war zu sehen, alle Tiere hatten sich verkrochen. Wir brauchten nicht lange bis zu dem Holzverschlag. Wir legten das Stroh auf den Boden, während das Heu in die Futterkrippe kam. Eicheln und Kastanien streuten wir dazwischen. Dann machten wir uns wieder auf den Heimweg.

Es war noch Vormittag, aber es schien schon wieder dunkel zu werden. Schwarze Unwetterwolken waren herangezogen und der Wind rüttelte an den Bäumen. Mein Vater trieb das Pferd zur Eile an, doch es war alt und kam nur langsam vorwärts. Der Sturm peitschte den Schnee in unsere Gesichter, die Kristalle pieksten wie tausend Nadelstiche. Wir konnten schon den Weg nicht mehr sehen, alles war zugeschneit.

Wie lange wir so fuhren, kann ich nicht mehr sagen, aber ich weiß noch, dass ich große Angst hatte. Plötzlich hielt mein Vater an und sagte: „Du musst auf dem Pferd sitzen, sonst erfrierst du." Er hüllte mich in eine Decke und hob mich auf den Pferderücken.

Auf einmal hörten wir in der Ferne einen Hund bellen. Vater meinte: „Wo ein Hund ist, ist auch ein Mensch." Er lenkte das Pferd in diese Richtung. Dann sahen wir auch Lichter.

Als wir näher kamen, merkten wir, dass wir ganz in der Nähe von unserem Haus waren. Es war auch unser Hund, der gebellt hatte. Sicher wollte er uns ein Zeichen geben, damit wir nicht noch mehr herumirrten.

Heilfroh und dankbar, aber halb erfroren gingen wir ins Haus hinein. Unsere Kleidung und die Hände waren ganz steif. Mutter half uns aus den Sachen, hüllte uns in dicke Decken und setzte uns an den Kamin. Sie schimpfte nicht, sie war einfach nur glücklich, dass wir wieder da waren.

Nachmittags zündete meine Mutter die Kerzen am Christbaum an und mein Vater nahm mich in die Arme. Er sagte: „Fröhliche Weihnachten, Charlotte, du bist ein tapferes Mädchen."

Wir waren alle sehr glücklich und dankten Gott, dass wir wieder heimgefunden hatten. Es ist zwar schon lange her, aber dieses Weihnachtsfest werde ich niemals vergessen.

Advent

Es treibt der Wind im Winterwalde
die Flockenherde wie ein Hirt,
und manche Tanne ahnt, wie balde
sie fromm und lichterheilig wird,

und lauscht hinaus. Den weißen Wegen
streckt sie die Zweige hin – bereit,
und wehrt dem Wind und wächst entgegen
der einen Nacht der Herrlichkeit.

Rainer Maria Rilke

Advent, Advent,
ein Lichtlein brennt!
Erst eins, dann zwei, dann drei, dann vier,
dann steht das Christkind vor der Tür!

Volkstümlich

Ich wünsch mir eine Großmutter

Zärtlich gab die Mutter der kleinen Gudrun einen Gutenachtkuss. „Schlaf gut und träume etwas Schönes", sagte sie liebevoll und wollte das Licht ausknipsen.

„Wie oft muss ich denn noch schlafen, bis Weihnachten ist?", wollte Gudrun wissen.

„Noch fünfmal", antwortete die Mutter.

Da sagte Gudrun: „Wirf meinen Wunschzettel fort, der gilt nicht mehr. Ich wünsche mir jetzt etwas anderes."

„Was denn?", fragte die Mutter erstaunt.

„Eine Großmutter", sagte Gudrun. Einen Augenblick später war sie schon eingeschlafen, denn sie war sehr müde. Die Mutter wurde nachdenklich. Gudrun hatte ihre Großeltern leider nie kennenlernen können. Das war schade.

Am nächsten Morgen, als alle beim Frühstück saßen, fragte die Mutter: „Gudrun, wie stellst du dir denn eine Großmutter vor?"

Gudrun meinte: „Na ja, Großmütter sind ja eigentlich immer allein, weil sie keine Kinder haben. Deshalb soll eine Großmutter mich als Enkelkind bekommen. Dann kann sie mir immer meine Lieblingsgeschichte vorlesen, so viermal hintereinander. Das machen nämlich richtige Großmütter, wenn man das will. Und hinterher kann sie noch mit mir spielen. Wir können zusammen zum Jahrmarkt gehen, und ich kann auf dem Karussellpferdchen fahren. Großmutter winkt mir dann zu. Großmütter winken nämlich gern, habe ich gehört. Sie sind auch viel geduldiger als Mütter, und darum kann ich ihr dann viele Fragen stellen. Großmütter beantworten alle Fragen richtig und behandeln die Kinder nicht wie Babys."

Die Mutter wurde neugierig. „Was willst du die Großmutter denn alles fragen?"

„Na, zum Beispiel, ob der liebe Gott verheiratet ist … und warum der Osterhase die Eier bringt. Dann will ich fragen, warum wir nicht von der Erdkugel fallen … und warum Spinat so schrecklich schmeckt."

„Und wie soll die Großmutter aussehen? Oder ist es dir egal, wie sie aussieht?", fragte die Mutter weiter nach.

„Großmütter sind ja meistens dick und tragen so komische Unterwäsche. Es wäre vielleicht gut, wenn sie nicht ganz so dick wäre, dann kann sie mir besser die Schuhe zubinden. Eine Brille sollte sie haben und schöne graue Haare. Meistens können ja die Großmütter ihre Zähne herausnehmen und sie in ein Glas legen. Aber das ist mir egal. Die Hauptsache ist, sie ist lieb zu mir", sagte Gudrun schwärmerisch.

Da kam der Mutter eine Idee. In der Nachbarschaft wohnte eine alte alleinstehende Dame, die sehr einsam war. Sie wäre geradezu ideal dafür, Gudruns Großmutter zu sein, dachte die Mutter. Eine Großmutter zu haben, ist etwas Wunderbares – und das sollte auch Gudrun erleben. Doch würde die Nachbarin dazu bereit sein? Die Mutter machte sich auf den Weg, um die alte Dame zu fragen.

Am Heiligabend war die Mutter emsig damit beschäftigt, alle Vorbereitungen für das Fest zu treffen. Es waren nur noch ein paar Stunden bis zur Bescherung. Aus der Küche strömten die herrlichsten Düfte. Das Wohnzimmer war abgeschlossen, aber man hörte den Vater darin hantieren. Endlich läutete das Glöckchen zur Bescherung.

Ganz vorsichtig trat Gudrun ins Wohnzimmer. Leise flüsterte sie in den Raum hinein: „Großmutter?"

„Ja, hier bin ich, im Sessel", kam es zur Antwort.

Da saß sie und erwartete Gudrun mit offenen Armen. Eine Brille hatte sie auf der Nase und wunderschöne graue Haare. Gudruns Großmutter war bereit, alle Fragen der Welt zu beantworten und viele Geschichten vorzulesen. Sie war bereit, für Gudrun da zu sein, wann immer Gudrun sie brauchte.

Gudrun war selig. Strahlend vor Glück sagte sie: „Ich kann jedem nur empfehlen, sich zu Weihnachten eine Großmutter zu wünschen."

Weihnachten bei den Großeltern

Heut Abend, als wir zu euch gingen,
da war in der Luft ein leises Klingen,
da war ein Rauschen, man wusst' nicht, woher,
als ob man in einem Tannenwald wär,
da huschte vorüber und ging nicht aus
ein heimliches Leuchten von Haus zu Haus.
Der Mond kam über die Dächer gesprungen:
„Wohin noch so spät, ihr kleinen Jungen?
Ihr müsst ja zu Bett, was fällt euch ein?",
und lachte uns an mit vollem Schein.
Da lachten wir wieder: „Du alter Klöner,
heut Abend ist alles anders und schöner.
Und glaubst du's nicht, kannst mit uns gehen,
da wirst du ein blaues Wunder sehn."
Da sprang er leuchtend uns voran,
bei diesem Hause hielt er an.
Wir gingen hinein mit froher Begier,
und Klingen und Rauschen und Leuchten ist hier.

Jakob Loewenberg

Stille Adventszeit

Advent, so sagt man, sei die stillste Zeit im Jahr. Aber nicht so in meiner Bubenzeit. Ich hatte keineswegs den Eindruck, dass es eine stille und besinnliche Zeit war. Ganz im Gegenteil.

Da ich der Älteste von uns Kindern war, bekam ich die Aufgabe, in den Wald zu gehen und einen Baum zu schlagen. Tagelang kroch ich durch das Unterholz, bis ich meinte, ein schönes Bäumchen gefunden zu haben. Im Wald sah es schön und gerade aus, doch im Waschkeller entpuppte sich der Baum als schief und krumm gewachsen. Außerdem hatte er kaum Äste. Vater musste seine ganze Zimmermannskunst beweisen und die Äste wieder gerade biegen.

Kaum hatte ich das erledigt, lag schon das Nächste an. Da ich der Stärkste war, wurde mir das Teigrühren in riesigen Schüsseln überlassen. Das war Schwerstarbeit und qualvoll, denn ich durfte nicht naschen. Naschen war strengstens verboten. Ach, wäre ich doch schon dem Bubenalter entwachsen, dachte ich damals sehnsüchtig. Ich würde mir eine ganze Schüssel voller Kuchenteig machen und alles alleine aufessen. Das war ein Knabentraum, der sich leider nie erfüllte.

Mutter lief in der Adventszeit immer mit einem hochroten Kopf herum. Sie sah aus, als ob sie gleich platzen würde. Bei uns Kindern war Vorsicht geboten, es setzte blitzschnell Ohrschellen.

Unseren Christbaumschmuck bastelten wir Kinder

selbst. Für ein paar Groschen gab es ein Buch mit Blattgold zu kaufen, und mit dieser hauchdünnen Folie vergoldeten wir die Nüsse. Dazu mussten die Nüsse zuerst ins Leimwasser getaucht werden und anschließend pustete man das Blattgold darauf. Dann wurde es vorsichtig festgedrückt.

Meine Geschwister und ich saßen dabei am Küchentisch und währenddessen hieß es die Luft anhalten. Einmal kräftig ausgeatmet reichte schon, um das Papier auffliegen zu lassen. Wir waren schon fast blau angelaufen, als das Unglück geschah. Ich musste niesen: „Hatschi!"

Im selben Augenblick segelten die Blattgoldstücke wie die Schmetterlinge durch die Stube. Anschließend glänzte der Küchenfußboden schön golden, aber leider nicht die Nüsse. Das gab Schelte, o weh!

Mit dem Heiligabend kam auch das große Waschen. In der Küche wurde ein Badezuber aufgestellt, hoch gefüllt mit Wasser. Seife, Bürste und ein Handtuch lagen bereit. Und dann, welch ein Graus, musste ich in den Zuber steigen. Ich plätscherte ein wenig verlegen mit dem Wasser, in der Hoffnung, dass ich schon zu groß sei, um gewaschen zu werden. Doch ich irrte mich. Meine Mutter fiel über mich her, und das mit der harten Bürste. Da half kein Gezeter und Gejammer, sie schrubbte an mir herum, bis ich ganz rot war. Dann erst durfte ich den Zuber verlassen. Nach dem Abtrocknen erkannte ich mich selbst nicht wieder. Ich war so sauber und unscheinbar und fühlte mich ... so gar nicht wohl.

Doch da kam mein Vater und nahm mich in die Arme. Er drückte mich an seine Brust – und plötzlich war es ganz still um mich herum. Ich erinnere mich noch gut an diesen Augenblick. Dann war sie da, die stille Weihnachtszeit voller Frieden und Geborgenheit.

Weihnachten bei Frau Altmann

Neulich habe ich Frau Altmann besucht. Bei Kaffee und Kuchen plauderten wir über die Weihnachtszeit. Wir stellten fest, dass die Adventszeit und das Weihnachtsfest früher viel ruhiger und besinnlicher waren als heute. Die Menschen waren nicht so hektisch, und es gab nur kleine Geschenke, die meistens auch noch selbst gemacht wurden. Man hatte eben nicht so viel Geld, aber alle waren zufrieden.

Ich fragte Frau Altmann, was denn *ihr* schönstes Weihnachtsfest war. Sie solle doch mal ein wenig erzählen, es interessiere mich sehr. Frau Altmann brauchte nicht lange in den Erinnerungen zu kramen, ihr fiel gleich eine schöne Geschichte ein. Mit leuchtenden Augen begann sie zu erzählen.

„Also, wir waren acht Kinder zu Hause. Die Eltern hatten nicht viel Geld. Für jeden Pfennig wurde hart gearbeitet – und da gab man das Geld nicht so leicht aus. Wir Kinder wussten, dass wir nicht viele Geschenke erwarten konnten. Aber dennoch gab es zu Weihnachten immer etwas ganz Besonderes. Meine Eltern holten für uns Mädchen die Puppenstube hervor und die Jungen bekamen den Kaufladen. Das gab es nur zu Weihnachten und wir freuten uns das ganze Jahr darauf.

Doch einmal gab es noch ein Geschenk dazu. Das war vielleicht eine Überraschung! Es war ein Brettspiel und hieß *Greif zu*. Spielsteine mussten blitzschnell geschnappt werden – uns Kindern machte es so viel Spaß, dass wir uns stundenlang damit beschäftigten."

Frau Altmann fing an zu lachen und ich fragte nach, was denn damals nun so lustig gewesen sei. Da meinte sie: „Am Ende war das ganze Spiel kaputt, es war zerrissen. Wir Kinder malten uns dann die Spielfläche auf dem Küchentisch auf und spielten weiter, bis tief in die Nacht hinein."

Ja, da musste ich auch lachen. Ich fragte Frau Altmann, was es denn an Weihnachten früher zu essen gegeben habe. Da erzählte sie mir Folgendes: „Unsere Mutter besorgte immer Kaninchenteile vom Metzger, aber nur die Pfoten und den Kopf, das gab es ganz billig. Manchmal war auch ein Stück vom Lauf dabei. Das war dann für Vater. Mutter kochte daraus eine Suppe, und dazu aßen wir Brot. Das schmeckte gut, Fleisch gab es ja ganz selten."

Ich musste schlucken, als ich das hörte, denn ich konnte mir nicht vorstellen, dass man das essen konnte. Na ja, wir sind ja auch verwöhnt. Aber ich ließ mir nichts anmerken und fragte: „Was gibt es denn in diesem Jahr bei Ihnen an Weihnachten zu essen?"

„Na, heute gibt es das *ganze* Kaninchen – mit Rotkohl und Klößen. Wir Geschwister treffen uns alle zum Fest hier bei mir. Ich koche dann und wir reden von früher. Und wenn wir an das Spiel denken, dann müssen wir immer herzlich lachen."

„Was würden Sie sich heute zum Fest wünschen?", wollte ich von Frau Altmann wissen.

„Meine Puppenstube und eine Kaninchensuppe", kam es wie aus der Pistole geschossen. „Ach ja, und das Spiel *Greif zu.*"

Nachdem wir uns ein frohes Fest gewünscht hatten, ging ich wieder nach Hause.

Die drei Meisen

Es war bitterkalt geworden. Der erste Schnee war gefallen und hatte das kleine Dorf in ein weißes Kleid gehüllt. Eiszapfen hingen von den Dächern der Häuser herab und auf den Gehwegen war es ziemlich glatt. Die Fenster der kleinen Häuser waren weihnachtlich mit Sternen und Transparenten geschmückt. Am Abend strahlten Lichter in die Dunkelheit hinaus und verkündeten jedem, dass bald das Christuskind geboren wird.

Vor einem der Häuser stand ein kahler Apfelbaum und in diesem Baum hockten drei Meisen auf einem

Ast. Ganz eng hatten sie sich aneinandergeschmiegt, um sich vor der eisigen Kälte zu schützen. Rechts saß der Karl, links saß der Gustav und in der Mitte saß der kleine Jupp. Der hatte es am besten, denn er wurde von beiden Seiten gewärmt.

Die Vögel jammerten: „Tschilp, tschilp, es ist so kalt."

Gustav, der links saß, sagte: „Die Menschen haben es gut, sie sind in der warmen Stube. Wir brauchen auch so ein schönes Haus."

Karl, der rechts saß, meinte: „Ja, ein ganz kleines Haus würde schon reichen."

Jupp, der in der Mitte saß, piepste: „Aus Holz müsste es sein."

In dem Haus, vor dem der Apfelbaum stand, wohnten Herr und Frau Kückelmann. Sie sahen die drei Meisen auf ihrem Ast. Da öffnete Frau Kückelmann das Fenster und streute Sonnenblumenkerne auf die Fensterbank. Die drei Meisen freuten sich über das Futter, denn bei Schnee und Eis fanden sie ja nichts zu fressen. Da mussten die Menschen schon helfen. Dankbar saßen sie anschließend wieder auf ihrem Ast und piepsten und tschilpten. Es fing wieder an zu schneien und sie rückten ganz eng zusammen.

„Hört ihr das auch?", fragte rechts der Karl.

„Ja", sagte der kleine Jupp in der Mitte.

„Da hämmert jemand", meinte links der Gustav.

„Macht ganz schön Krach", sagten alle drei auf einmal. Dann wärmten sie sich, so gut es ging.

Der Abend kam und im Haus wurde Licht gemacht. Die drei Meisen sahen einen Kamin, in dem ein Feuer brannte. Herr und Frau Kückelmann saßen am Tisch in der Nähe des Kamins. Herr Kückelmann hielt Werkzeug in der Hand und beschäftigte sich mit etwas, das die Meisen nicht richtig sehen konnten. Seine Frau stopfte Socken. Die drei Meisen stellten sich nun einfach vor, ebenfalls vor dem Kamin zu sitzen. Und schon wurde ihnen wärmer.

Als es schon ganz dunkel geworden war, öffnete sich auf einmal die Haustür. Heraus trat Herr Kückelmann. Eine Laterne leuchtete ihm den Weg zum kahlen Apfelbaum.

Aber er trug noch etwas in der Hand. Erschrocken hüpften die drei Meisen etwas höher in den Apfelbaum hinauf.

Herr Kückelmann murmelte: „Ihr braucht keine Angst zu haben. In zwei Tagen ist Weihnachten, und darum habe ich eine Überraschung für euch. Gott hat die Menschen und die Tiere erschaffen, doch wir Menschen müssen im Winter gut für euch sorgen. Es ist zu kalt, und ihr sollt nicht erfrieren, darum habe ich euch ein Haus gebaut."

Dann hängte er das Vogelhäuschen im Apfelbaum auf. Es war aus Holz und hatte vorne ein kleines Loch, gerade so groß, dass eine Meise hindurchpasste.

Gustav, Karl und Jupp beäugten das Haus neugierig, und als Herr Kückelmann wieder gegangen war, schlüpften sie nacheinander hinein.

Der kleine Jupp zwitscherte: „Das ist ja ein richtiges Haus. Wie schön."

Gustav rief begeistert: „Ein eigenes Haus, nur für uns."

Karl sagte: „Wie gut, dass in zwei Tagen Weihnachten ist. Und dass die Menschen an uns gedacht haben!"

„Fröhliche Weihnachten", riefen alle drei gleichzeitig und kuschelten sich aneinander.

Lieber guter Weihnachtsmann,
schau mich nicht so böse an,
stecke deine Rute ein,
ich will auch immer artig sein.

Volkstümlich

Kling, Glöckchen, klingelingeling

Kling, Glöckchen, klingelingeling,
kling, Glöckchen, kling!
Lasst mich ein, ihr Kinder,
ist so kalt der Winter,
öffnet mir die Türen,
lasst mich nicht erfrieren!
Kling, Glöckchen, klingelingeling,
kling, Glöckchen, kling!

Kling, Glöckchen, klingelingeling,
kling, Glöckchen, kling!
Mädchen, hört, und Bübchen,
macht mir auf das Stübchen,
bring euch viele Gaben,
sollt euch dran erlaben.
Kling, Glöckchen, klingelingeling,
kling, Glöckchen, kling!

Kling, Glöckchen, klingelingeling,
kling, Glöckchen, kling!
Hell erglühn die Kerzen,
öffnet mir die Herzen!
Will drin wohnen fröhlich,
frommes Kind, wie selig.
Kling, Glöckchen, klingelingeling,
kling, Glöckchen, kling!

Karl Enslin

Wo sind nur die Christbaumkugeln?

Es sollten diesmal neue Christbaumkugeln sein. Die alten silbernen Kugeln gefielen Hiltrud nicht mehr. Sie meinte: „Die sind unmodern. Es muss mal etwas Neues her." Karl-Otto, ihr Mann, schaute von der Zeitung auf und knurrte etwas Unverständliches.

Hiltrud sagte: „Was hältst du von roten Kugeln? Oder vielleicht sogar Kugeln in Lila?"

Karl-Otto sah kurz hoch: „Es ist mir schnurzpiepegal, was da am Baum hängt." Dann griff er wieder nach seiner Zeitung.

Hiltrud schüttelte den Kopf. „Er hat keinen Sinn für die schönen Dinge im Leben", dachte sie. „Karl-Otto ist altmodisch."

Wie immer, gab es auch in diesem Jahr sehr früh Weihnachtsartikel zu kaufen. Lebkuchen, Spekulatius und Schokoladenweihnachtsmänner lagen schon im September in den Regalen.

Der Weihnachtsschmuck ließ auch nicht lange auf sich warten. Ende September machte Hiltrud sich auf den Weg ins Kaufhaus. Dort gab es eine eigene Abteilung nur mit Weihnachtsartikeln. Sie kam aus dem Staunen gar nicht mehr heraus. Was da alles ausgestellt war: Christbaumschmuck in allen Farben, Glitzergirlanden, singende Weihnachtsmänner, elektrische Kerzen, Sterne mit Beleuchtung … und sogar das Lametta gab es in allen Farben. Hiltrud kannte bisher nur silberfarbenes Lametta. Das rote Lametta gefiel ihr besonders gut. Sie legte es gleich in ihren Einkaufskorb. Dann suchte sie sich noch rote Christbaumkugeln aus und eine Lichterkette mit roten Sternen. Zufrieden ging sie nach Hause.

„Schau mal, Karl-Otto, was ich Hübsches gekauft habe", sagte sie zu ihrem Mann. Doch Karl-Otto schaute kaum hin. Hiltrud packte die Sachen in eine Kiste und bat Karl-Otto, diese auf den Dachboden zu bringen. Schließlich war es ja erst Ende September.

„Karl-Otto, bringst du bitte die Kiste auf den Dachboden?", fragte sie.

„Wenn es sein muss", knurrte Karl-Otto.

„Alter Knötterkopp", sagte Hiltrud. Sie freute sich schon sehr darauf, den Weihnachtsbaum mit den neuen roten Kugeln zu schmücken.

Am Tag vor Heiligabend war es dann so weit. Hiltrud hatte Karl-Otto auf den Dachboden geschickt, um die Kiste zu holen. Doch Karl-Otto kam gar nicht zurück. Nach einer Stunde stieg sie selbst hinauf. Hiltrud sah, wie Karl-Otto immer noch am Suchen war. Er hatte alles an die Seite geräumt, in jeden Winkel geschaut, das Unterste zuoberst gekrempelt.

„Ich finde die Kiste nicht", stöhnte Karl-Otto.

„Das gibt es doch nicht, die kann doch nicht weg sein", sagte Hiltrud ungläubig und suchte ebenfalls. Aber Hiltrud fand sie auch nicht. Letztendlich nahm sie die alten silbernen Kugeln mit nach unten und schmückte den Baum so wie immer.

„Ist doch schön", meinte Karl-Otto tröstend.

„Na ja, ich hätte trotzdem zu gerne gewusst, wo die neuen roten Kugeln geblieben sind", sagte Hiltrud.

Da schlug sich Karl-Otto plötzlich mit der Hand vor die Stirn. „Ich Dussel, ich habe die Kiste gar nicht auf den Dachboden gebracht, sondern in den Keller!", rief er.

„O nein! Aber jetzt bleibt der Baum so, wie er ist. Dann nehmen wir eben im nächsten Jahr die neuen Kugeln", sagte Hiltrud.

Am Heiligabend, als die Kerzen am Weihnachtsbaum brannten, mussten Hiltrud und Karl-Otto herzlich lachen. Sie wünschten sich ein frohes Fest und fanden, dass ihr Christbaum wunderschön aussah.

O Tannenbaum

O Tannenbaum, o Tannenbaum,
wie grün sind deine Blätter!
Du grünst nicht nur zur Sommerzeit,
nein auch im Winter, wenn es schneit.
O Tannenbaum, o Tannenbaum,
wie grün sind deine Blätter!

O Tannenbaum, o Tannenbaum,
du kannst mir sehr gefallen.
Wie oft hat nicht zur Weihnachtszeit
ein Baum von dir mich hocherfreut.
O Tannenbaum, o Tannenbaum,
du kannst mir sehr gefallen.

O Tannenbaum, o Tannenbaum,
dein Kleid will mich was lehren:
Die Hoffnung und Beständigkeit
gibt Trost und Kraft zu jeder Zeit.
O Tannenbaum, o Tannenbaum,
dein Kleid will mich was lehren.

Ernst Anschütz

Weihnachtsdüfte

Es war ein kalter Dezembertag und die ersten Schneeflocken fielen schon vom Himmel. Die Menschen machten es sich in ihren warmen Häusern gemütlich. Kamine
brannten und knisterten und verbreiteten eine wohlige
Wärme. In den Fenstern der Häuser leuchteten am
Abend Lichter und Sterne. Das sah wunderschön aus.

Auch bei Familie Kleinschmidt ging es festlich zu.
Mit viel Liebe hatte Hannelore die Wohnung ge-
schmückt. Es glitzerte und funkelte und duftete in allen
Räumen.

Es war Sonntag, der dritte Advent. Hannelore hatte
einen Gewürzkuchen gebacken. Ihr Mann Ernst lag allerdings leidend auf dem Sofa. Er war stark erkältet, die
Nase lief und er konnte gar nichts mehr riechen. Ein
heftiger Schnupfen plagte den armen Mann.

„Das kommt davon, wenn man ohne Mütze nach
draußen läuft!", meinte Hannelore streng.

Am Nachmittag des dritten Advents gab es duftenden
Kaffee und den selbst gebackenen Gewürzkuchen. Auf
dem Kaffeetisch stand eine Vase mit frischem Tannengrün. Die Tannenzweige hatte Hannelore mit selbst-
gebastelten Strohsternen geschmückt.

Sie schnupperte. „Mh, das Grün duftet so herrlich."

Bedauernd sagte Ernst: „Ich rieche leider nichts. Sag
mir, Hannelore, wie riecht es?"

„Es duftet nach Weihnachten, frisch und würzig. Es
riecht wie in einem Tannenwald. Man möchte meinen,

gleich zwitschert ein Vögelchen", sagte Hannelore lachend. Dann biss sie in den Gewürzkuchen.

„Mh, ist der lecker", sagte sie genießerisch.

„Ach wie schade, ich schmecke leider nichts. Sag mir, Hannelore, wonach schmeckt der Kuchen? Ich stelle mir dann vor, ich würde den Geschmack auf der Zunge spüren", sagte Ernst bedauernd.

„Ich will es versuchen, Ernst. Also, er schmeckt und duftet nach Mandeln, Nelken und Zimt, ein wenig nach Lebkuchen und Muskat … einfach herrlich würzig und lecker", beschrieb sie den Geschmack des Kuchens.

„Es ist zu schade, dass ich nichts schmecke", sagte Ernst traurig.

Am Abend des dritten Advents zogen himmlische Wohlgerüche aus dem Backofen. Es duftete nach Bratapfel und der Duft durchströmte die ganze Wohnung. Er zog direkt unter die verschnupfte Nase von Ernst, doch der roch immer noch nichts. Erst als er den Teller mit einem noch brutzelnden Apfel vor sich hatte, wusste er, dass es Bratapfel gab.

„Oh, das hat bestimmt gut gerochen", sagte Ernst und nahm einen Bissen.

„Ja", sagte Hannelore „hier gibt es die schönsten Weihnachtsdüfte, und du riechst sie leider nicht."

„Sag mir, Hannelore, wie schmeckt der Apfel?", fragte Ernst.

„Lecker", meinte Hannelore mit vollem Mund.

„Etwas genauer wäre schön", sagte Ernst.

„Saftig und süß, etwas Mandelgeschmack und ein Hauch von Zimt, so wie du es gerne magst. Die Vanillesoße ist die Krönung! Und alles in einem gesagt: Es schmeckt nach Weihnachten", schwärmte Hannelore.

„Lecker", sagte Ernst plötzlich.

„Wie, schmeckst du wieder etwas?", fragte Hannelore.

„Nein, ich stelle mir nur vor, wie es schmeckt", sagte Ernst. Dann aß er seinen Bratapfel auf.

„Weißt du was, Hannelore? Manchmal kann es ja ganz gut sein, nichts zu schmecken und zu riechen. Aber gerade jetzt in der Weihnachtszeit hätte ich doch gerne meine Nase wieder in Ordnung. Ich bekomme gar nichts mit von all den herrlichen, himmlischen, großartigen, unübertrefflichen und zauberhaften Weihnachtsdüften", sagte Ernst und putzte sich die Triefnase.

„Sei nicht traurig, Ernst, du bekommst deinen Geruchssinn bestimmt wieder, ganz gewiss … spätestens zu Ostern!", meinte Hannelore und lachte.

Ein paar Tage musste Ernst sich noch gedulden, dann aber kam alles langsam zurück. Und pünktlich zu Weihnachten, als es den Gänsebraten gab, waren sein Geschmack und der Geruchssinn wieder da. Darüber war Ernst sehr, sehr froh.

Der Bratapfel

Kinder, kommt und ratet,
was im Ofen bratet,
hört, wie's knallt und zischt!
Bald wird er aufgetischt,
der Zipfel, der Zapfel,
der Kipfel, der Kapfel,
der gelbrote Apfel.

Kinder, lauft schneller,
holt einen Teller,
holt eine Gabel,
sperrt auf den Schnabel
für den Zipfel, den Zapfel,
den Kipfel, den Kapfel,
den goldbraunen Apfel!

Sie pusten und prusten,
sie gucken und schlucken,
sie schnalzen und schmecken,
sie lecken und schlecken
den Zipfel, den Zapfel,
den Kipfel, den Kapfel,
den knusprigen Apfel.

Volksgut aus Bayern

Weihnachten im Tannenwald

Der Winter hatte Einzug gehalten. Es war bitterkalt geworden und die Schneeflocken rieselten vom Himmel. Der Tannenwald war in ein weißes Kleid gehüllt und die Äste der Tannen bogen sich unter der Schneelast. Der strenge Frost ließ die Zweige knistern und knacken. Und wenn die Sonne schien, glitzerte der Wald ganz festlich.

Doch ein paar Wochen vor Weihnachten wurde es geheimnisvoll im Tannenwald. Durch die Tannenwipfel ging ein Wispern und Flüstern. Es war geradezu ein Singen und Lachen, ein Summen und Kichern, und man fragte sich, was das zu bedeuten hatte. Eine jede Tanne richtete sich stolz empor und versuchte, den Schnee von den Nadeln zu schütteln. Jede Tanne wollte die schönste sein.

Da gab es eine Tanne, die sang Weihnachtslieder: „O du fröhliche" und „O Tannenbaum". Sie trällerte den ganzen Tag. Die Nachtigall hielt sich die Ohren zu, und die Spatzen, Meisen und Rotkehlchen flogen erschrocken davon.

Eine andere Tanne trug mit Begeisterung Gedichte vor. Das war nett und die Waldbewohner hörten gerne zu.

Die kleinste Tanne dachte sich eine Geschichte aus und erzählte sie am Abend, bevor alle schlafen gingen.

Das Weihnachtsfest rückte immer näher und jede Tanne wusste: Bald würden die Menschen kommen und sich ihren Weihnachtsbaum holen. Jede Tanne wollte gerne festlich geschmückt in einem Wohnzimmer stehen. Mit Lametta behängt, mit Kugeln geschmückt und mit Kerzen, die alles zum Strahlen brachten.

Doch der Wald war groß. Nicht jede Tanne hatte das Glück, ein Weihnachtsbaum zu werden. Aber frisch geputzt und wunderschön anzusehen, vorbereitet und erwartungsvoll waren sie alle.

Da hatten die Lerche, der Kuckuck, die Nachtigall, die Amsel und die Drossel Mitleid. Sie flogen am Heiligen Abend in die Stadt und taten sehr geheimnisvoll. Als sie zurückkamen, flogen sie gemeinsam über den Wald. In ihren Schnäbeln trugen sie Lametta, Sterne und Kugeln, rote Schleifenbänder und Glöckchen. Jede Tanne bekam etwas davon ab. Nach und nach wurde jede Tanne fein herausgeputzt, bis der ganze Wald glänzte und strahlte.

Voller Freude bedankten sich die Tannen bei den Vögeln, indem sie gemeinsam sangen: „Stille Nacht, heilige Nacht …" Und dann riefen sie sich zu: „Fröhliche Weihnachten euch allen! Es ist schön, ein Weihnachtsbaum zu sein!"

Ein großer Stern leuchtete über dem Wald. Das sah festlich aus und die Tannen glitzerten vor Glück.

Leise rieselt der Schnee

Leise rieselt der Schnee,
still und starr ruht der See,
weihnachtlich glänzet der Wald:
Freue dich, 's Christkind kommt bald.

In den Herzen ist's warm,
still schweigt Kummer und Harm,
Sorge des Lebens verhallt:
Freue dich, 's Christkind kommt bald.

Bald ist heilige Nacht,
Chor der Engel erwacht.
Hört nur, wie lieblich es schallt:
Freue dich, 's Christkind kommt bald.

Eduard Ebel

Nico und der Nikolaus

Der kleine Nico war acht Jahre alt und wuchs bei seinen Großeltern auf. Opa Fritz, Oma Wilma und Nico wohnten in einem kleinen Dorf. Alle Dorfbewohner kannten sich gut und die Kinder spielten zusammen auf den Wiesen und Feldern.

So kam es, dass der kleine Nico täglich tausend Dinge im Kopf hatte. Es gab ja so viel zu sehen, zu entdecken, zu spielen und auszuprobieren! Doch die wichtigen Dinge, die vergaß er. Er ließ die Fibel in der Schule liegen, er vergaß schon mal ein Heft oder die Buntstifte, er ließ das Federmäppchen liegen, und es kam auch schon mal vor, dass er alles auf einmal vergaß. Unbekümmert und weit weg mit seinen Gedanken, lief er mit einem leeren Ranzen nach Hause. Er merkte es noch nicht einmal.

Opa Fritz und Oma Wilma machten sich große Sorgen. Wie sollte der Junge etwas lernen, wenn er ständig die Bücher vergaß? So konnte das nicht weitergehen!

Eines Tages hatte Nico wieder einmal sein Lesebuch vergessen. Er lief zurück, um es zu holen. Doch o weh, wo war es nur? Das Buch lag nicht mehr auf seiner Bank! Am nächsten Tag vergaß er das Rechenbuch – und auch das fand er nicht wieder. Am übernächsten Tag vergaß er das Schreibheft und am Tag darauf sein Etui. Jedes Mal suchte er vergeblich. Die Sachen waren wie vom Erdboden verschluckt, er konnte sie nicht finden.

Dies alles geschah vor dem Nikolaustag. Die Oma sagte: „Diesmal wird der Nikolaus bestimmt nur eine Rute für dich dabeihaben." Aber Nico glaubte das nicht. In den vergangenen Jahren war der Nikolaus immer sehr nett zu ihm gewesen, obwohl er oft getrödelt und manchmal nicht aufgeräumt hatte. Sicher würde der Nikolaus auch diesmal nichts von seiner Schlamperei gemerkt haben. In seinem großen Sack waren bestimmt viele süße Mandelkuchen für ihn. Die aß der kleine Nico nämlich besonders gerne.

Ja, und dann kam er, der Nikolaus. Er pochte laut an die Tür und stapfte herein. Da stand er nun im Wohnzimmer – in seinem roten Mantel und mit der goldenen Bischofsmütze auf dem Kopf. Einen vollen Sack hatte er auch dabei.

Während Nico sein Verslein aufsagte, konnte er seinen Blick nicht von dem Sack abwenden. Wo lag wohl der Mandelkuchen?

Der Nikolaus fragte den kleinen Nico: „Warst du auch immer brav?"

„Ja", sagte Nico schnell, obwohl er genau wusste, dass das nicht stimmte.

„So, so, brav warst du? Und hast du nie etwas verschlampt oder vertrödelt?", brummte der Nikolaus.

O weh! Jetzt sagte der kleine Nico gar nichts mehr. Sein Herz fing laut an zu klopfen.

„Was meinst du wohl, was ich dir mitgebracht habe?", fragte der Nikolaus und griff nach seinem Sack.

„Ma… Ma… Mandelkuchen", stotterte Nico. Aber

der Nikolaus schüttelte den Kopf. „Für Mandelkuchen war in meinem Sack kein Platz mehr. Ich musste so viele andere Dinge für dich einstecken. Dies hier zum Beispiel …"

Was holte er da aus dem Sack? Eine Fibel, das Rechenbuch, Bleistifte und eine Pudelmütze. Eins nach dem anderen zog der Nikolaus hervor, nur keinen Mandelkuchen.

„Dann bis zum nächsten Jahr, kleiner Nico", meinte der Nikolaus freundlich, „und wenn ich dann nicht so viel Trödelkram für dich mitbringen muss, habe ich auch sicher Platz für Mandelkuchen."

Ja, da schaute der kleine Nico und sah dem Nikolaus hinterher. Damit hatte er nicht gerechnet. Aber er wollte sich bessern und nichts mehr verschlampen, damit er im nächsten Jahr wieder einen Mandelkuchen bekam.

Oma Wilma und Opa Fritz waren zufrieden. Und weil Oma Wilma doch ein bisschen Mitleid mit dem armen Nico hatte, lag am nächsten Morgen doch noch eine kleine Tüte mit Mandelkuchen neben seinem Frühstücksteller.

Knecht Ruprecht

Von drauß vom Walde komm ich her;
ich muss euch sagen, es weihnachtet sehr!
Allüberall auf den Tannenspitzen
sah ich goldene Lichtlein sitzen;
und droben aus dem Himmelstor
sah mit großen Augen das Christkind hervor.
Und wie ich so strolcht durch den finsteren Tann,
da rief's mich mit heller Stimme an:
„Knecht Ruprecht", rief es, „alter Gesell,
hebe die Beine und spute dich schnell!
Die Kerzen fangen zu brennen an,
das Himmelstor ist aufgetan,
Alte und Junge sollen nun
von der Jagd des Lebens einmal ruhn;
und morgen flieg ich hinab zur Erden,
denn es soll wieder Weihnachten werden!"
Ich sprach: „O lieber Herre Christ,
meine Reise fast zu Ende ist;
ich soll nur noch in diese Stadt,
wo's eitel gute Kinder hat."
„Hast denn das Säcklein auch bei dir?"
Ich sprach: „Das Säcklein, das ist hier;
denn Apfel, Nuss und Mandelkern
essen fromme Kinder gern."
„Hast denn die Rute auch bei dir?"
Ich sprach: „Die Rute, die ist hier;
doch für die Kinder nur, die schlechten,

die trifft es auf den Teil, den rechten."
Christkindlein sprach: „So ist es recht;
so geh mit Gott, mein treuer Knecht!"
Von drauß vom Walde komm ich her;
ich muss euch sagen, es weihnachtet sehr!
Nun sprecht, wie ich's hier innen find!
Sind's gute Kind, sind's böse Kind?

Theodor Storm

Die Puppenstube

Es war ungefähr zwei Wochen vor Weihnachten, da durfte ich plötzlich nicht mehr ins Elternschlafzimmer hineingehen. Was hatte das wohl zu bedeuten? Ob es etwas mit dem Christkind zu tun hatte?

Meine Mutter erzählte mir, das Christkind würde manchmal schon einige Wochen vor dem Fest Geschenke in den Wohnungen verstecken. Dann hätte es am Heiligen Abend etwas mehr Zeit und brauchte sich nicht so zu beeilen. Ich war damals fünf Jahre alt und glaubte das.

Ach, wie freute ich mich auf Weihnachten! Es war immer so geheimnisvoll, so festlich, so glitzernd und feierlich. An Weihnachten duftete es so gut nach Plätzchen und Gewürzen, nach Kerzen und Tannengrün. Und dann die große Spannung: Würde das Christkind mir die Puppenstube bringen, die ich mir so sehr wünschte? Eine Puppenstube mit zwei Zimmern, Möbeln und kleinen Püppchen. Einem bunten Teppich, einem kleinen Kaffeeservice und Fenstern mit Gardinen. Damit würde ich so herrlich spielen können, stellte ich mir vor.

Eines Nachmittags war meine Mutter im Garten. Ich nutzte die Gelegenheit, um mich ins Schlafzimmer zu schleichen. Voller Neugier trat ich vorsichtig ein und schaute mich um. Es kribbelte vor Spannung in meinem Bauch. Da entdeckte ich auf dem Kleiderschrank etwas großes Rechteckiges, das in Zeitungspapier eingewickelt war. Es sah aus wie ein Paket. Früher hatte so etwas dort nicht gestanden, da war ich mir sicher.

Mein Herz pochte bis zum Hals, als ich waghalsig auf das Fußende des Ehebettes stieg und mich ganz lang machte.

Das Zeitungspapier raschelte, als ich es anhob. Vorsichtig lugte ich darunter. Ich traute meinen Augen kaum – da stand wahrhaftig eine Puppenstube. Genau so eine, wie ich sie mir gewünscht hatte. Auf dem Boden lag ein kleiner bunter Teppich und am Fenster standen winzige Blumentöpfe mit Blumen! Ich schob das Papier noch ein wenig höher und konnte dann sehen, dass es ein Wohnzimmer und ein Schlafzimmer gab. Es war so schön und ich konnte mich kaum sattsehen. Aber ich durfte nicht lange verweilen, damit ich nicht erwischt wurde. Also klappte ich das Zeitungspapier wieder herunter und richtete es so, dass man nichts bemerken würde. So hoffte ich jedenfalls, als ich mich wieder aus dem Zimmer schlich.

Von da an nutzte ich jede günstige Gelegenheit, um ins Schlafzimmer meiner Eltern zu schleichen. Dort betrachtete ich mir die Puppenstube. Allerdings wagte ich es nicht, etwas zu berühren, umzusetzen oder gar zu spielen. Ich hatte viel zu große Angst, weil ich dachte, das Christkind würde es mir übel nehmen.

Viel zu langsam vergingen die Tage bis Weihnachten. Abends sah ich oft sehnsüchtig zum Himmel hinauf. Vielleicht sah ich ja das Christkind, wie es in seinem glitzernden Kleidchen zu den Häusern flog?

Dann war es endlich so weit. Der 24. Dezember fiel auf einen Samstag. Nun durfte ich nicht ins Wohnzimmer. Ein Blick durch das Schlüsselloch half mir auch nicht weiter. Wahrscheinlich hing ein Tuch davor. Ich lugte ins Schlafzimmer: Das große Paket war fort. Die Spannung stieg und ich fragte alle fünf Minuten: „Wann kommt das Christkind?"

Endlich klingelte das Glöckchen. Es war das Zeichen, dass mein Vater mit mir eintreten durfte. Ein festlicher Raum empfing mich. Der Tannenbaum strahlte und im Kerzenlicht sah ich sie stehen, die Puppenstube! Es brannte sogar ein kleines Lämpchen darin und im Wohnzimmer stand ein winziger Weihnachtsbaum. Ich war überwältigt. Nun war es meine Puppenstube! Ich kniete mich davor und tat so, als würde ich sie zum ersten Mal sehen. Jetzt durfte ich damit spielen und alles anfassen. Das tat ich auch, bis ich ins Bett musste.

Meiner Mutter habe ich nie etwas davon erzählt, dass ich die Puppenstube schon vorher entdeckt hatte. Es blieb mein Geheimnis. Auch wenn die Überraschung keine mehr war: Dies war mein allerschönstes Weihnachtsfest. Heute bin ich eine alte Frau. Aber am liebsten würde ich mir noch einmal eine solche Puppenstube vom Christkind wünschen.

Die Nacht vor dem heiligen Abend

Die Nacht vor dem heiligen Abend,
da liegen die Kinder im Traum.
Sie träumen von schönen Sachen
und von dem Weihnachtsbaum.

Und während sie schlafen und träumen,
wird es am Himmel klar
und durch den Himmel fliegen
drei Engel wunderbar.

Sie tragen ein holdes Kindlein,
das ist der heilige Christ.
Es ist so fromm und freundlich,
wie keins auf Erden ist.

Und während es über die Dächer
still durch den Himmel fliegt,
schaut es in jedes Bettlein,
wo nur ein Kindlein liegt.

Und freut sich über alle,
die fromm und freundlich sind,
denn solche liebt von Herzen
das himmlische Kind.

Heut schlafen noch die Kinder
und sehen es nur im Traum,
doch morgen tanzen und springen sie
um den Weihnachtsbaum.

Robert Reinick

Weihnachten mit Bobby

Seit fast einem Jahr ging Hella an jedem Mittwochnachmittag ins Tierheim. Dort wartete schon ungeduldig der kleine Mischlingshund Bobby auf sie. Hella nahm sich viel Zeit für eine liebevolle Begrüßung und ging dann mit Bobby spazieren. Bobby machte vor Freude große Luftsprünge, er hüpfte und bellte und wedelte mit seinem kleinen Stummelschwanz. Er wusste genau, dass nun ein langer Spaziergang folgte, dass es über Stock und Stein ging, mitten durch den schönen Wald. Bobby wusste: Hella hatte kleine Leckerchen in der Jackentasche – und wenn er brav gehorchte, gab es eine Belohnung. Hella liebte Bobby und genauso liebte Bobby Hella.

Wie hatten die beiden sich kennengelernt? Als Hellas Mann gestorben war, hatte Hella sich sehr einsam gefühlt. Sie sehnte sich nach etwas Gesellschaft. Eines Tages las sie in der Zeitung, dass man eine Tierpatenschaft im Tierheim übernehmen konnte. Da war sie sofort losmarschiert und hatte sich Bobby ausgesucht.

Nun war es wieder einmal Mittwoch und Hella lief mit Bobby durch den Wald. In ein paar Tagen war Weihnachten, und so erzählte sie ihrem Bobby an diesem Nachmittag, wie sehr sie dieses Fest liebte. Sie sagte: „Früher, als die Kinder noch klein waren, da war immer alles ganz geheimnisvoll und festlich bei uns. Es roch in der ganzen Wohnung nach Zimt und Lebkuchen. Wir stellten einen großen Tannenbaum auf, den wir mit silbernen Kugeln, Lametta und echten Kerzen schmückten. Ganz oben auf der Spitze thronte ein Engel. Wenn dann ein kleines Glöckchen zart klingelte, bedeutete das, dass es Zeit war für die Bescherung. Am ersten Weihnachtstag sind wir alle zusammen in die Kirche gegangen, um das Krippenspiel zu sehen. Aber nun, kleiner Bobby, werde ich an Heiligabend alleine sein. Das macht mich schrecklich traurig."

Bobby bellte, dann blieb er stehen, legte den Kopf schief und schaute Hella aus seinen kleinen braunen Augen an. Hella glaubte, dass es ein trauriger Blick war. Plötzlich kam ihr eine Idee. Weihnachten mit Bobby verbringen, ja, das wäre schön!

Nach dem Spaziergang fragte Hella im Tierheim nach, ob es wohl möglich wäre, Bobby an Heiligabend mit nach Hause zu nehmen.

Der Tierheimleiter sagte: „Das ist eine schöne Idee! Das müssten viel mehr Menschen machen. Ja, sicher dürfen Sie Bobby abholen." Hella war glücklich.

Heiligabend fiel diesmal auf einen Mittwoch. Hella ging schon am Vormittag zum Tierheim, denn am Nachmittag war das Heim geschlossen. Es war kalt, der Himmel grau und die Luft roch nach Schnee. Bobby schlief gerade, als sie ankam, und schaute ganz verdutzt, als Hella ihn rief. Und noch verdutzter war er, als es diesmal rechtsherum ging und nicht geradeaus in den Wald hinein. Hella lief mit ihrem Bobby durch die Straßen, an vielen Geschäften vorbei. Überall blinkte und leuchtete die Weihnachtsdekoration.

Auch bei Hella zu Hause sah es festlich aus. Um achtzehn Uhr am Abend läutete Hella mit dem goldenen Glöckchen. Bobby kam sofort angesprungen und Hella öffnete die Wohnzimmertür. Ein Tannenbaum strahlte im Kerzenlicht und unter dem Baum lagen ein dicker Knochen, ein Gummiball und ein Gummihuhn, das quietschen konnte. Bobby stürzte sich darauf, denn so etwas Schönes hatte er noch nie gesehen.

Hella setzte sich auf das Sofa, faltete die Hände und schloss die Augen. Leise sagte sie: „Lieber Gott, ich danke dir, dass ich Weihnachten mit Bobby feiern darf. Du hast mich zu ihm geführt und nun bin ich nicht alleine. Das ist ein wunderbares Geschenk."

An diesem Abend waren die beiden noch lange auf. Bobby schmatzte und kaute an seinem Knochen und Hella knabberte Vanillekipferl.

Heiliger Abend

Markt und Straßen sind verlassen,
still erleuchtet jedes Haus,
sinnend geh ich durch die Gassen,
alles sieht so festlich aus.

An den Fenstern haben Frauen
buntes Spielzeug fromm geschmückt,
tausend Kindlein stehn und schauen,
sind so wundersam beglückt.

Und ich wandre durch die Straßen
bis hinaus ins weite Feld,
hehres Glänzen, heilges Schauen,
wie so weit und weiß die Welt.

Sterne hoch die Kreise schlingen,
aus des Schnees Einsamkeit
steigt's wie wunderbares Singen.
O du gnadenreiche Zeit!

Joseph von Eichendorff

Weihnachten feiern wie bei Oma

Als Henning noch ein Dreikäsehoch war, fand er es am allerschönsten, wenn er am ersten Weihnachtstag bei Oma und Opa sein durfte. Denn bei Oma und Opa gab es am ersten Feiertag noch einmal eine Bescherung mit allem Drum und Dran.

Aber natürlich war er nicht nur wegen der Geschenke so gern bei seinen Großeltern. Nein, es war einfach so gemütlich, so festlich ... und es roch so gut nach Zimtsternen und Lebkuchen.

Als Erstes las der Opa die Weihnachtsgeschichte aus der Bibel vor. Natürlich ganz stimmungsvoll, bei Kerzenschein und Tannenduft. Dann wurde gebetet und ein Weihnachtslied gesungen. Henning liebte diese Stimmung, doch am schönsten fand er den Weihnachtsbaum.

Er war nicht besonders groß, vielleicht einen Meter zwanzig hoch, aber er war von oben bis unten bunt geschmückt. Der Baumschmuck bei Oma und Opa war etwas ganz Besonderes. Er bestand aus Zuckerkringeln, Schokoladenherzen, Lebkuchen und Marzipan. Dazwischen hingen Nüsse und andere Köstlichkeiten. Oben auf der Spitze war ein Stern, der Weihnachtsstern. Richtige Wachskerzen ließen den Baum erstrahlen, und überall dazwischen hing Lametta. Der Baum war Omas ganzer Stolz. Sie schmückte ihn jedes Mal mit viel Liebe.

Nach der Bescherung durfte Henning sich drei Teile vom Weihnachtsbaum aussuchen und vernaschen. Und das ging dann jeden Tag so weiter, bis der Tannenbaum fast kahl war. Selbst als Henning schon älter war, war der Weihnachtsbaum immer etwas Besonderes für ihn.

Inzwischen hatte Henning selbst ein Enkelkind. Am ersten Weihnachtstag würde es zu Besuch kommen. Da kam Henning eine Idee. Er wollte sein Enkelkind auch mit einem solch schönen bunten und süßen Baum überraschen. Alles sollte genauso sein wie damals, als er ein Dreikäsehoch war. Die Gemütlichkeit, der Duft, die Weihnachtsgeschichte und das Gebet.

Seine Frau Elli schmunzelte, als Henning den Tannenbaum schmückte. Am Ende hing er proppenvoll mit den herrlichsten Süßigkeiten.

„Das gibt Bauchschmerzen", sagte Elli lachend.

Um achtzehn Uhr kam die Familie zu Besuch. Die Augen seines Enkels strahlten vor Freude, als er den schönen Baum sah. Der kleine Dreikäsehoch jauchzte und tanzte um den Baum herum.

Henning Scheuer machte alles genauso wie seine Großeltern vor vielen, vielen Jahren. Und doch war etwas anders.

Bei den Großeltern damals war niemals die Schokolade geschmolzen! Diesmal allerdings schmolz so langsam Kringel für Kringel und Herz für Herz. Der Baum war viel zu dicht geschmückt! Und die Kerzen gaben so viel Wärme ab, dass die Schokolade heruntertropfte.

Henning und sein kleiner Enkel pusteten erst einmal alle Kerzen aus – und dann wurde gefuttert. Henning aß alle Schokoladenherzen und Schokokringel, die zu viel am Baum waren. Erst als nur noch die Hälfte hing, war er zufrieden. Die Kerzen konnten wieder angezündet werden. Doch Henning sah nicht mehr viel davon. Er lag mit Bauchschmerzen im Bett!

Trotzdem war es für ihn das allerschönste Weihnachtsfest.

Der Weihnachtsmann auf Abwegen

Wie wohl jeder weiß, hat der Weihnachtsmann allerhand zu tun. Natürlich nicht nur vor Weihnachten, sondern das ganze Jahr über. Er hat viele, viele Wunschzettel zu lesen. Alle Geschenke müssen eingepackt, sortiert und mit Namen versehen werden. Der Schlitten muss auf Hochglanz poliert werden und auch die Rentiere dürfen nicht zu kurz kommen. Kurzum: Der Weihnachtsmann kommt kaum zur Ruhe. Und dann – pünktlich am 24. Dezember – macht er sich auf den Weg zu den Menschen.

Es war ungefähr vor zwanzig Jahren am Heiligen Abend. Wieder einmal stieg der Weihnachtsmann in seinen Schlitten und nahm vorn auf der roten Samtbank Platz. Er griff nach den Zügeln und gähnte herzhaft. Dabei holte er eine Handvoll Sternenstaub aus einem Säckchen und warf diesen glitzernden Staub über die Rentiere. Dadurch erhielten die Rentiere Kraft für die lange, lange Fahrt. Rentier Rudolph hob kurz den Kopf, schaute nach hinten und zwinkerte ihm zu.

„Ho, ho", rief der Weihnachtsmann – und los ging die Fahrt, mitten durch den Sternenhimmel.

Doch der Weihnachtsmann war sehr müde und musste schon wieder gähnen. Der Schlitten war voll bepackt. Der dicke, schwere Sack mit allen Geschenken nahm die ganze Rückbank ein. Aber den Rentieren machte es keine Mühe, den Schlitten zu ziehen. Sie zogen ihn, als wäre er leicht wie eine Feder.

„Zuerst nach England", rief der Weihnachtsmann den Rentieren zu. Blitzschnell waren sie dort, und der Weihnachtsmann verteilte alle Geschenke. Müde setzte er sich wieder auf seinen Schlitten. Kaum saß er, wurde er auch schon sehr schläfrig. Und just in dem Moment, als er den Rentieren zurufen wollte, dass die Fahrt nach Schweden gehen sollte – da schlief er ein. Die Rentiere aber waren schon gestartet und liefen nun ziellos durch den Himmel. So kam es, dass Rentier Rudolph auf eigene Verantwortung den Weg nach Deutschland einschlug. Schon bald landeten sie auf einem Bauernhof.

Da wurde der Weihnachtsmann wach. Er rieb sich die Augen und fragte: „Wo sind wir? Welches Land ist das?" Er stieg aus und klopfte an die Haustür. Ein älterer Mann öffnete ihm.

„In welchem Land bin ich?", fragte der Weihnachtsmann.

„In Deutschland natürlich", sagte der verdutzte Bauer, dem es fast die Sprache verschlug. Schließlich hat man nicht alle Tage einen Weihnachtsmann vor der Tür stehen.

„Dann habe ich mich verfahren. Zuerst müssen die Geschenke für Schweden aus dem Sack, dann Norwegen und als Letztes kommt Deutschland. Zu dumm: Die Geschenke für Deutschland liegen ganz unten im Sack", stöhnte der Weihnachtsmann.

„Kommt erst einmal herein und ruht euch aus", sagte der Bauer mit einer einladenden Handbewegung.

„Ein wenig Ruhe kann nicht schaden", meinte der Weihnachtsmann und ging mit ins Haus hinein.

Der Bauer war sehr gastfreundlich und bewirtete den Weihnachtsmann mit heißer Milch und Keksen. Sie plauderten munter über Gott und die Welt, und so verging Stunde um Stunde. Der Weihnachtsmann vergaß die Zeit und seine eigentliche Aufgabe. Erst im Morgengrauen stellte er fest, dass der Heilige Abend längst vorbei war. Er hatte sich verplaudert und es war bereits der erste Weihnachtstag.

Der Bauer meinte: „Dann verteilst du eben heute Nacht die Geschenke. Lass uns zusammen in den Weihnachtsgottesdienst gehen, danach ruhst du dich noch etwas aus, und am Abend fährst du mit deinem Schlitten weiter."

So kam es, dass an diesem Weihnachtsfest alle Kinder und Erwachsenen ihre Geschenke einen Tag später bekamen. Niemand konnte sich erklären, warum das so war. Allein der Weihnachtsmann und der alte Bauer wussten den Grund.

Winterrätsel

Was ist das:
Weiß wie Kreide,
leicht wie Flaum,
weich wie Seide,
feucht wie Schaum.
(Schnee)

❀ ❀ ❀

Welcher Mann hat Angst vor der Sonne?
(Der Schneemann)

❀ ❀ ❀

Vom Himmel fällt's,
tut sich nicht weh,
ist weiß und kalt ...
Das ist der ... *(Schnee)*.

❀ ❀ ❀

Es trägt ein Kleid aus Grün und Weiß,
schaut hervor aus Schnee und Eis.
Wenn im Wind sein Röckchen schwingt,
bald der erste Vogel singt.
(Das Schneeglöckchen)

✿ ✿ ✿

Was grünt im Sommer und im Winter,
erfreut zur Weihnachtszeit die Kinder?
(Der Tannenbaum)

✿ ✿ ✿

Er ist ein Freund der Kinder,
kommt immer nur im Winter,
trägt Schweres auf dem Rücken,
die Kinder zu beglücken.
(Der Nikolaus)

✿ ✿ ✿

Hat ein weißes Röckchen an,
freut sich, dass es fliegen kann.
Fängst du's mit den Händen ein,
wird es bald geschmolzen sein.
(Die Schneeflocke)

✿ ✿ ✿

Es hängt an der Dachrinne und weint,
wenn die liebe Sonne scheint.
(Der Eiszapfen)

Kann ich das umtauschen?

Es war Ende Oktober und das Wetter war schon sehr herbstlich geworden. Ein heftiger Wind trieb die bunten Blätter durch die Straßen, dazu gab es immer wieder tüchtige Regenschauer. Doch Gerlinde ließ sich von dem schlechten Wetter nicht abschrecken. Früh am Montagmorgen machte sie sich auf den Weg zum Einkaufszentrum. Sie wollte schon einige Weihnachtseinkäufe erledigen, solange das Gedränge in den Geschäften noch nicht so groß war. Und außerdem: Was man hatte, das hatte man ... das konnte einem keiner mehr wegnehmen.

Gerlinde wusste, dass ihr Mann Kurt einen neuen Regenschirm gebrauchen könnte. Das wäre doch ein schönes Weihnachtsgeschenk. Zielstrebig ging sie ins Kaufhaus. Hier gab es auf vier Etagen alles, was das Herz begehrte. Sie entschied sich für einen dunkelblauen Stockschirm, denn den konnte Kurt gleichzeitig als Spazierstock benutzen. Der Schirm wurde zu Hause gut im Kleiderschrank versteckt.

Eine Woche später, es war wieder ein Montagmorgen, gefiel Gerlinde die Idee, einen Schirm zu verschenken, überhaupt nicht mehr. Ein Hut wäre viel schöner, dachte sie, denn Kurts alter Hut sah gar nicht mehr gut aus. Also schnappte sie sich den dunkelblauen Stockschirm und die Quittung und lief zum Kaufhaus.

„Kann ich den Schirm umtauschen?", fragte sie die Verkäuferin.

„Selbstverständlich. Möchten Sie sich einen anderen Schirm aussuchen?", wollte die Verkäuferin wissen.

„Nein, ich möchte einen Hut kaufen", antwortete Gerlinde.

Die Wahl war gar nicht so einfach. Es gab so viele schöne Hüte! Letztendlich entschied sich Gerlinde für einen grauen Filzhut. Sie war zufrieden und versteckte den Hut zu Hause im Kleiderschrank.

Inzwischen war es November und schon ziemlich kalt geworden. Es war wieder ein Montagmorgen, als Gerlinde sich erneut auf den Weg zum Kaufhaus machte. Auf einmal gefiel ihr der Hut nicht mehr, sie wollte etwas anderes schenken.

„Kann ich den Hut umtauschen?", fragte Gerlinde.

„Ja, natürlich. Was hätten Sie denn gerne stattdessen?", fragte die Verkäuferin.

„Ich möchte ein Oberhemd für meinen Mann", sagte Gerlinde. Sie suchte sich ein schickes Hemd aus und war zufrieden. Zu Hause versteckte sie es sogleich im Kleiderschrank. Dort lag das Hemd zwei Wochen lang. Da meinte Gerlinde plötzlich, es wäre doch nicht das richtige Weihnachtsgeschenk. Also machte sie sich, wieder an einem Montagmorgen, auf den Weg zum Kaufhaus.

„Kann ich das umtauschen?", fragte sie und hielt der Verkäuferin das Hemd vor die Nase. Die Verkäuferin erkannte Gerlinde sofort. „Was soll es diesmal sein?", fragte sie.

„Ich möchte doch lieber den grauen Filzhut", antwortete Gerlinde.

„Der ist nicht mehr da. Vielleicht suchen Sie sich einen anderen aus", sagte die Verkäuferin. Gerlinde nahm einen braunen Filzhut und lief zufrieden nach Hause. Dort wurde er gleich im Kleiderschrank versteckt.

Inzwischen war es Dezember geworden. Gerlinde hatte Spritzgebäck und Stollen gebacken. Die Vorfreude auf das Weihnachtsfest war groß. Alles war weihnachtlich geschmückt, es glitzerte, es funkelte und blinkte. Es duftete nach Tannengrün, nach Keksen und Kerzen. Am Abend sangen Gerlinde und Kurt Weihnachtslieder und erzählten sich Geschichten.

Doch am Morgen des Heiligen Abends beschloss Gerlinde, den Hut doch lieber umzutauschen. Eilig lief sie los. Die Verkäuferin ahnte bereits, was Gerlinde wollte, und sagte: „Sie wollen sicherlich umtauschen."

„Ja, ich möchte doch den dunkelblauen Schirm nehmen", sagte Gerlinde. Sie hatte Glück, der dunkelblaue Schirm war tatsächlich noch da. Die Verkäuferin wickelte ihn in Geschenkpapier und Gerlinde eilte zufrieden nach Hause. Da sie ihn nicht mehr verstecken musste, legte sie ihn gleich unter den Weihnachtsbaum.

Gerlinde dachte: Hätte ich den Schirm gleich von Anfang an behalten! Der erste Gedanke ist ja oft der beste. Ich hätte mir viel Lauferei erspart. Egal – jeder Gang macht schlank.

Kurt freute sich sehr über den Schirm. Und auch er hatte ein schönes Geschenk für Gerlinde. Was wohl? Natürlich einen Schirm!

Der Zauberer und die Tiere

Im tiefen, dunklen Wald lebte einmal ein Zauberer. Er war schon uralt, genau hundertzwanzig Jahre. Der Zauberer liebte alle Tiere des Waldes und hatte sie fest in sein Herz geschlossen. Ob es ein Vogel, Fuchs, Dachs, Hase oder auch nur ein Würmchen war, keinem durfte ein Haar gekrümmt werden.

Wenn der Hase vom Jäger geschossen werden sollte, verzauberte er kurzerhand das Gewehr. Wenn der Käfer oder der Schmetterling gefangen werden sollte, verzauberte er das Fangnetz. Dann hielt der Mensch plötzlich einen Kochlöffel in der Hand oder einen Teppichklopfer – und den Tieren konnte nichts geschehen.

Der Zaubermeister erfüllte seinen Tieren alle Wünsche und konnte sogar mit ihnen sprechen. Er beherrschte die Vogelsprache: „Piep, tschilp und zizibe!", die Wildschweinsprache: „Öff, öff, öff, grunz!", die Sprache der Fische im Bach: „Blubelblub, blub!" und auch die Sprache der Frösche: „Quak, quak!" Es gab keine Sprache, die er nicht konnte.

Eines Tages kam der alte schwarze Rabe zu ihm geflogen und erzählte ihm Folgendes: „Alter Meister, ich komme gerade aus der Stadt. Dort feiern die Menschen morgen Weihnachten. Alles leuchtet, glitzert und funkelt. Ich habe es den Tieren im Wald erzählt und jetzt wünschen sich alle Weihnachten im Wald. Rab, rab, kräh!"

Der Zauberer strich sich über den langen weißen

Bart, kratzte sich am Kopf und sagte nachdenklich: „Ein äußerst schwieriger Wunsch. Die Zauberformel dazu habe ich noch nie benutzt. Wann, sagtest du, ist Weihnachten?"

„Morgen, krah, krah!", krächzte der schwarze Rabe.

„Ich werde die ganze Nacht überlegen müssen, wie der Zauberspruch heißt", stöhnte der Zauberer und verzog sich in sein Haus.

Er wälzte viele Bücher. Um Mitternacht glaubte er, den richtigen Spruch zu wissen, und ging hinaus. Er rief: „Simsalabo, Simsalanest, Simsalabim!"

Neugierig schaute er in den Wald. Aber nein – ach du Schreck! –, überall hingen Ostereier. Er hatte den falschen Spruch erwischt.

Die Eule und der Uhu lachten laut: „Das soll Weihnachten sein? Das glauben wir nicht!"

Brummelnd ging der Zauberer wieder in sein Haus zurück. Um zwei Uhr sprach er erneut einen Zauberspruch: „Simsalabim, Simsalatri, Simsalasom!"

Gespannt schaute er in den Wald hinein. Überall hingen lustige bunte Girlanden und Luftballons. Er hatte ein Sommerfest gezaubert. O Schreck!

Um vier Uhr trat er erneut vor die Tür. Fast schon verzweifelt sprach er seinen Zauberspruch: „Simsalawei, Simsalanacht, Simsalafest!"

Und siehe da, jetzt wurde es Weihnachten im Wald. Überall glitzerte und leuchtete es, an den Bäumen hingen goldene Glöckchen und Sterne, der ganze Wald erstrahlte.

Alle Tiere kamen herbei. Glücklich und ergriffen stimmten sie gemeinsam das Lied an: „Vom Himmel hoch, da komm ich her …" Und der Zauberer sang kräftig mit.

Oma Gundel braucht Hilfe

In einem kleinen Dorf am Fuße eines Berges wohnten in einem alten Fachwerkhaus Oma Gundel und ihre Enkelin Gabi. Oma Gundel hatte einen ganz besonderen Beruf. Sie stellte Pralinen her! Mit viel Geduld, Geschick und Liebe erfand sie immer neue Sorten: Nugatpralinen, Pralinen mit Cremefüllung, Nuss- und Marzipanpralinen, helle und dunkle Pralinen … Eine Sorte war leckerer als die andere. Die Pralinen verkaufte Oma Gundel auf dem Wochenmarkt.

Die kleine Gabi, Oma Gundels Enkelin, war neun Jahre alt und eine gute Schülerin. Später wollte sie auch eine Pralinenkonditorin werden.

An einem Mittwoch, zwei Wochen vor Weihnachten, fand im Dorf wieder ein Wochenmarkt statt. Es war bitterkalt und kleine Schneeflocken fielen vom Himmel. Oma Gundel stand dick angezogen hinter ihrem kleinen Stand auf dem Markt und verkaufte ihre Pralinen. Abgepackt in Beuteln oder auch lose, ganz so, wie die Kunden es wünschten.

Um dreizehn Uhr am Mittag war der Markt zu Ende und Oma Gundel machte sich auf den Heimweg. Der Gehweg war rutschig, und so passierte es, dass sie plötzlich das Gleichgewicht verlor und ausrutschte. Sie fiel hin und konnte nicht mehr aufstehen. Zum Glück waren gleich Leute zur Stelle, die einen Krankenwagen riefen.

Oma Gundel kam ins Krankenhaus. Das rechte Bein war gebrochen und wurde eingegipst. Nach ein paar Tagen durfte sie wieder nach Hause, doch sie konnte immer noch nicht richtig laufen. Mühsam humpelte sie durch die Wohnung.

„Wie sollen wir jetzt nur alle Vorbereitungen für das Weihnachtsfest schaffen?", stöhnte sie.

„Was muss denn alles gemacht werden?", fragte die kleine Gabi.

„Praktisch alles. Die Einkäufe müssen erledigt werden – und ich wollte noch Plätzchen backen. Einmal ist noch Wochenmarkt, und dort müssen die Pralinen verkauft werden. Einen Tannenbaum haben wir auch noch nicht. Ach du liebe Zeit, Gabi, das wird ein trauriges Fest!", jammerte die Oma.

„Wir schaffen das schon", beruhigte ihre Enkelin sie.

„Oje, oje", stöhnte Oma Gundel.

„Mach mir eine Liste mit allem, was zu erledigen ist", sagte Gabi.

„Oje, oje", sagte Oma Gundel verzweifelt.

Als Gabi am nächsten Tag aus der Schule kam, lief sie gleich in die Küche. Oma Gundel staunte nicht schlecht, denn Gabi backte Plätzchen. Am Abend gab es dann heiße Milch mit Honig und dazu probierten sie die Kekse. Sie schmeckten köstlich.

Der nächste Tag war ein Mittwoch, es war genau eine Woche nach Oma Gundels unglücklichem Sturz. Nach der Schule, den Ranzen noch auf dem Rücken, kaufte Gabi einen Tannenbaum. Es war nur ein ganz kleiner Baum, denn Gabi musste ihn ja alleine nach Hause tragen. Oma Gundel staunte, was ihre Enkelin alles konnte.

Am Samstag war wieder Wochenmarkt. Gabi packte alle Pralinen in einen Korb, setzte eine dicke Mütze auf und lief zum Markt. Ruckzuck waren alle Pralinen verkauft.

Dann kaufte sie ein. Eier, Wurst und Käse. Am Abend gab es Rührei und sie tranken Milch dazu. Da staunte Oma Gundel wieder über ihre fleißige kleine Enkelin.

Einen Tag vor Heiligabend, es war ein Dienstag, ging Gabi noch einmal einkaufen. Sie besorgte ein Hähnchen, Salat und Kartoffeln. Denn das konnte sie kochen. Oma Gundel sagte nur: „Was du schon alles kannst!"

„Das hast du mir selber alles beigebracht, Oma! Nun wollen wir den Baum schmücken", sagte die kleine Gabi und fing an, die goldenen Kugeln aufzuhängen. Oma Gundel half freudig mit.

Es wurde ein sehr schönes Weihnachtsfest. Oma Gundel streichelte Gabi über das Haar und sagte: „Danke für alles, mein Kind. Was hätte ich nur ohne dich gemacht! Ein frohes Fest, mein Kind."

Alle Jahre wieder

Alle Jahre wieder kommt das Christuskind
auf die Erde nieder, wo wir Menschen sind.

Kehrt mit seinem Segen ein in jedes Haus,
geht auf allen Wegen mit uns ein und aus.

Steht auch mir zur Seite, still und unerkannt,
dass es treu mich leite an der lieben Hand.

Wilhelm Hey

Gudruns schönstes Weihnachtsfest

Die Weihnachtszeit ist für die Kinder die allerschönste Zeit im Jahr. Weil sie so geheimnisvoll ist und voller schöner Geschichten und Überraschungen. Überall leuchten Kerzen und Lichterketten, es duftet nach Plätzchen und Tannengrün ... und Geschenke werden eingepackt.

Gudrun Moosbach ist heute achtzig Jahre alt. Sie erinnert sich noch sehr gerne an die Weihnachtsfeste in ihrer Kindheit. Es war leider eine arme Zeit, das Geld fehlte an allen Ecken. Doch die Mutter wusste genau, wie sie Gudrun und ihren kleinen Bruder verzaubern konnte. Sie erzählte wundervolle Geschichten vom Christkind. Wenn im Laufe eines Jahres ein Abendrot am Himmel zu sehen war, dann sagte Mutter immer: „Das Christkind backt Plätzchen, der Backofen ist schon heiß." Gudrun und ihr kleiner Bruder Willi stellten sich dann das Christkind vor, wie es im Himmel ganz viele Plätzchen ausstach ...

In der Vorweihnachtszeit schrieben sie eifrig ihre Wunschzettel auf. Manchmal stahlen sie sich nachts heimlich aus den Betten und schauten in den Himmel. Sie wollten das Christkind in seinem weißen Kleidchen so gern sehen – und das ging ja wohl nur in der Nacht.

Am Heiligen Abend schlug der Vater eine Tanne, die dann im Wohnzimmer aufgestellt wurde. Der Baum stand immer am Fenster in einem alten rostigen Ständer. Am Nachmittag ging Vater mit ihnen in die Kirche.

Dort gab es einen besonders schönen Gottesdienst mit einem Krippenspiel, und der Pfarrer erzählte die Weihnachtsgeschichte.

Anschließend stapften sie durch den Schnee nach Hause. In den Fenstern der Häuser brannten Lichter, es sah so festlich aus. Gudrun Moosbach erinnert sich noch gut daran.

Ganz besonders gern denkt sie an ein bestimmtes Weihnachtsfest zurück. Es war das schönste ihres Lebens. Damals hatte sie für sich und ihren Bruder Willi einen Wunschzettel geschrieben. Darauf stand: „Ich wünsche mir neue Puppenkleider und Schokolade und für Willi ein Auto und Schokolade." Sie war schrecklich aufgeregt, ob das Christkind diese Wünsche wohl erfüllen würde.

Nach dem Kirchgang warteten sie vor der Wohnzimmertür. Dann erklang ein Glöckchen und man hörte die Mutter rufen: „Kommt herein, das Christkind war da." Gudrun weiß noch, wie ihr Herz dann immer bis zum Halse schlug.

Langsam durften sie ins Wohnzimmer hineingehen und sich vor den Weihnachtsbaum stellen. Der erstrahlte im Kerzenschein und war mit silbernen Kugeln und Lametta geschmückt. Mutter holte ihre Blockflöte heraus und gemeinsam wurde zuerst ein Lied gesungen. Das war schön feierlich, aber es dauerte ja *sooo* lange! Am liebsten hätte Gudrun ein paar Strophen überschlagen.

Dann war es endlich so weit, die Geschenke durften

ausgepackt werden. Was war das für ein schöner Moment, als sie das Puppenkleidchen in der Hand hielt! Die Mutter hatte es selbst gestrickt. Sie musste wohl das ganze Jahr über gestrickt haben, denn es gab zu dem Kleid auch noch ein Mützchen und ein Jäckchen. Willi bekam ein Holzauto und eine Lokomotive. Beides hatte der Vater selbst geschnitzt. Und das ganz Besondere an diesem Weihnachtsfest war, dass Gudrun und Willi zum ersten Mal einen bunten Teller bekamen. Mit Nüssen und Schokolade, mit Lebkuchen und Mandarinen und einem Marzipanbrot.

Am liebsten würde Gudrun Moosbach noch einmal so ein schönes Weihnachtsfest erleben. Aber weil das ja nicht möglich ist, stellt sie es sich einfach in Gedanken vor …

Das ist die liebe Weihnachtszeit

Vom Himmel bis in die tiefsten Klüfte
ein milder Stern herniederlacht;
vom Tannenwalde steigen Düfte
und kerzenhelle wird die Nacht.

Mir ist das Herz so froh erschrocken,
das ist die liebe Weihnachtszeit!
Ich höre fernher Kirchenglocken
in märchenstiller Herrlichkeit.

Ein frommer Zauber hält mich nieder,
anbetend, staunend muss ich stehn,
es sinkt auf meine Augenlider,
ich fühl's, ein Wunder ist geschehn.

Theodor Storm

Das Kind in der Krippe

Die Weihnachtsgeschichte in der Bibel

Es begab sich aber zu der Zeit, dass ein Gebot von dem Kaiser Augustus ausging, dass alle Welt geschätzt würde. Und diese Schätzung war die allererste und geschah zur Zeit, da Quirinius Statthalter in Syrien war. Und jedermann ging, dass er sich schätzen ließe, ein jeder in seine Stadt.

Da machte sich auf auch Josef aus Galiläa, aus der Stadt Nazareth, in das jüdische Land zur Stadt Davids, die da heißt Bethlehem, weil er aus dem Hause und Geschlechte Davids war, damit er sich schätzen ließe mit Maria, seinem vertrauten Weibe, die war schwanger.

Und als sie dort waren, kam die Zeit, dass sie gebären sollte. Und sie gebar ihren ersten Sohn und wickelte ihn in Windeln und legte ihn in eine Krippe; denn sie hatten sonst keinen Raum in der Herberge.

Und es waren Hirten in derselben Gegend auf dem Felde bei den Hürden, die hüteten des Nachts ihre Herde. Und der Engel des Herrn trat zu ihnen, und die Klarheit des Herrn leuchtete um sie; und sie fürchteten sich sehr.

Und der Engel sprach zu ihnen: „Fürchtet euch nicht! Siehe, ich verkündige euch große Freude, die allem Volk widerfahren wird; denn euch ist heute der Heiland geboren, welcher ist Christus, der Herr, in der Stadt Davids. Und das habt zum Zeichen: Ihr werdet finden das Kind in Windeln gewickelt und in einer Krippe liegen."

Und alsbald war da bei dem Engel die Menge der himmlischen Heerscharen, die lobten Gott und sprachen: „Ehre sei Gott in der Höhe und Friede auf Erden bei den Menschen seines Wohlgefallens."

Und als die Engel von ihnen gen Himmel fuhren, sprachen die Hirten untereinander: Lasst uns nun gehen nach Bethlehem und die Geschichte sehen, die da geschehen ist, die uns der Herr kundgetan hat. Und sie kamen eilend und fanden beide, Maria und Josef, dazu das Kind in der Krippe liegen.

Als sie es aber gesehen hatten, breiteten sie das Wort aus, das zu ihnen von diesem Kinde gesagt war. Und alle, vor die es kam, wunderten sich über das, was ihnen die Hirten gesagt hatte. Maria aber behielt alle diese Worte und bewegte sie in ihrem Herzen.

Und die Hirten kehrten wieder um, priesen und lobten Gott für alles, was sie gehört und gesehen hatten, wie denn zu ihnen gesagt war.

Lukasevangelium Kapitel 2,1–20*

* Lutherbibel 1984, durchgesehene Ausgabe in neuer Rechtschreibung. © Deutsche Bibelgesellschaft, Stuttgart.

Vom Himmel hoch

Vom Himmel hoch, da komm ich her,
ich bring euch gute neue Mär,
der guten Mär bring ich so viel,
davon ich singn und sagen will.

Euch ist ein Kindlein heut geborn
von einer Jungfrau auserkorn,
ein Kindelein so zart und fein,
das soll euer Freud und Wonne sein.

Es ist der Herr Christ, unser Gott,
der will euch führn aus aller Not.
Er will euer Heiland selber sein,
von allen Sünden machen rein.

Des lasst uns alle fröhlich sein
und mit den Hirten gehn hinein,
zu sehn, was Gott uns hat beschert
mit seinem lieben Sohn verehrt.

Martin Luther

Weitere Titel von Ulrike Strätling:

Vorlesegeschichten
Ein Korb mit fünf Broten
Omas Kuchen ist der beste
Als die Kaffeemühle streikte
Heut machen wir ein Picknick
So ein schöner Tag
Wie die Zeit vergeht
Ein Glas voller Malzbonbons

Bildbände zum Vorlesen und Betrachten
Die schönsten Märchen der Brüder Grimm
Rosenduft und Sonnenschein

Hilfe für Angehörige
Wenn die Zeit verloren geht
Praktische Tipps für Angehörige
von Menschen mit Demenz

BRUNNEN VERLAG GIESSEN